萬能鑑定士Q的事件簿 1

謎樣貼紙入侵東京

松岡圭祐 著
李漢庭 譯

安全護欄

世界上有些貼紙，就是不能撕。

比方說十元打火機上的小貼紙，總給人一股想用大拇指摳下來的衝動，但這不是件好事。假使打火機爆炸傷了人，沒有貼紙，廠商就不會賠，因爲那張貼紙是人身賠償責任險的證書。

另一方面，世界上也有些貼紙就是非撕不可。

比方說，違法的廣告貼紙跟傳單，這些可不能不管。所以，政府就有專門撕這種貼紙的職務。

其中一位職員，就是有家室的抗田榮一郎，四十歲。

所屬單位的正式名稱是「新宿區公所資源清掃對策室——新宿清掃事務所剝除作業組」。同事之間都戲稱這個單位是「剝皮大隊」。

上午九點，東京地鐵飯田橋站出口前。抗田將小廂型車停在人行道旁。

路況有點塞，人行道上擠滿趕著上班的男男女女。

抗田開了門，下了車，眼前灑落一片溫暖的春陽。

雖然這個季節帶來的花粉症令人頭大，但正好工作也需要戴口罩，不怕。他可不打算直接吸滿一肚子通勤時間的市中心髒空氣。

他拉開側邊的車門，拿出溶劑罐、工具箱、毛巾，還抱了把摺疊梯，就從人行道走進巷子裡。

商圈裡拉下鐵門的店家特別多，或許是不景氣的緣故。

店門口鏽蝕斑駁的鐵門上，貼著比名片還大上一號的貼紙，而且不是一、兩張，而是好幾百——不，上千張有吧？同樣圖案的貼紙，完全貼滿了鐵捲門。

「眞是的！」抗田轉動工作帽的帽沿，看看店門，不自覺嘆了口氣。「還眞能貼，應該破紀錄了吧？」

每張貼紙上，都畫著像是相撲力士的臉。

圖案看來像純日式的浮世繪風格，只有白底黑線。頭髮三七分，全部塗黑。臉上毫無表情。一雙瞇瞇眼，就像眉毛底下的兩條橫線。嘴巴也是緊閉著。有些有鬍子，有些沒有。共同點是，每張臉都有個胖嘟嘟的雙下巴。不過，每張貼紙的雙下巴圖案都有點不同。

模樣算不上可愛，甚至有點可怕，但確實令人印象深刻。它們通稱「力士貼紙」。

但其實「力士」只是媒體胡亂取的名字。光看貼紙，根本無法判斷那張臉是不是相撲力士。客觀來說，不過是張中年胖男人的臉罷了。

貼紙上一個字都沒有。有些臉看起來比較健康，有些看起來明顯老氣，甚至還有些像是怪異宗教的教主，五花八門。而這個商圈裡的貼紙，也一樣有許多種類。

據說好幾年前，銀座就開始出現這種貼紙。然後從中央區蔓延到台東區、江東區，再到墨田區、文京區、千代田區、港區。張貼位置一開始是安全護欄、電線桿、公共電話等公共設施。這些地方貼滿之後，就開始入侵店家的鐵捲門與外牆。

抗田低下頭，巷子不寬，兩噸卡車無法會車的單行道。爲了確保行人的行走空間，只有一邊設置了安全護欄。而安全護欄上也貼滿了力士貼紙。

雖然長官說能不換就不換，但這下不換也不行吧？於是抗田放下摺疊梯與溶劑罐，打開工具箱，拿出六角扳手。他先拆下護欄上的波浪板準備回收，只撕掉支架上的貼紙，這樣才能勉強在一天內完工。

拆下的波浪板先平放在路邊，然後撥打手機，向區公所申請新的波浪板。對方說下午就會送來。在那之前，得先把柱子清理乾淨。

抗田將溶劑潑在支架上。不知道力士貼紙用的是什麼膠，但眞的有夠難撕，比黑心房仲的售屋傳單還要棘手得多。

不過話說回來，究竟是誰，又爲了什麼而貼這些貼紙呢？

貼貼紙的時間，應該是深夜到凌晨之間。但銀座跟澀谷一帶的監視器似乎都沒拍到過凶手。雖然抗田並不打算被媒體包圍採訪，但這些貼紙，或許是邪惡宗教或犯罪組織的暗號？

如果這些人必須要張貼力士貼紙，那我這撕貼紙的人，不就很礙眼嗎？這條巷子人煙罕至，難不成有人會趁四下無人，從背後偷襲一招？

抗田心頭一陣慌，往身後瞄了一眼。

突然，抗田嚇得心臟都快跳出喉頭了。因爲，他身後正立著一個人影。

是個穿西裝的高瘦年輕人。

髮型算時下流行的中長髮，染了點淡淡的咖啡色。臉型瘦，鼻子挺，下巴像女孩一樣尖，但確實是個男人。他正用空洞的眼神，傻傻地盯著抗田。如果他穿的是龐克裝，或許就能當搖滾樂團的主唱了。

此時眼前這二十來歲的年輕人，穿著不太搭調的西裝，用有氣無力的聲音說：

「請問，你是區公所的人嗎？」

「呃，是啊。」抗田試著平復驚慌的情緒，點點頭。「有事嗎？」

「沒有啦。」男人露出微笑。「我想跟你請教一下，關於力士貼紙的事情。」

「啊？你誰啊？」

「眞抱歉。」男人掏出名片。「我是《週刊角川》的小笠原。」

抗田目瞪口呆，收下了名片。上面印著：千代田區富士見2—13—3，角川書店。《週刊角川》編輯部，小笠原悠斗。

原來是雜誌記者啊，嚇掉我半條命！抗田擺出一張臭臉：「有啥貴幹？」

「我剛剛看下來，你好像在撕力士貼紙啊？」

「是啊，這是我的工作。」

「這究竟是什麼貼紙呢？你知道有誰會貼這種貼紙嗎？」

「誰知道啊?!」浪費我的時間！抗田拿起毛巾來擦支架。「別說力士貼紙，只要是違法張貼，我們就撕。這就是我的工作啦！」

姓小笠原的年輕雜誌記者一臉溫和，呆呆望著鐵捲門。「這家店的貼紙呢？不撕嗎？」

「民眾店家又不歸區公所管。」抗田被問煩了，站起身來。「你聽好啊，我也只是聽新宿區長的命令辦事。我知道你們這些媒體要拿這怪貼紙炒新聞，但我現在可是拿刮刀刮得滿頭大汗！用腳趾頭看也知道，我不是在做煎餅吧？我的工作就是清除貼紙，又不是公關，沒義務回答你們記者大人的問題！就這樣啦！我要回去工作了！」

抗田又蹲下，拿起刮刀刮支架。即使貼紙吸飽溶劑，光用擦的還是擦不掉，只能用刮刀一次刮一點。一張都不能留。

好像雕刻的平雕一樣。

小笠原並未離開，只是面露煩惱地站著不動。

外表看來應該是個口若懸河的帥哥，但小笠原其實很不會察言觀色，而且講話又扭扭捏捏。「請問，你撕下來的貼紙可以給我一張嗎？我想拿來當報導材料。」

「你眼睛瞎啦?!沾滿背膠的貼紙，就像在背後貼了三天的撒隆巴斯，哪有這麼簡單就能撕下來？肯定會被刮得破破爛爛啊！」

「話是這麼說沒錯，但拿回去鑑定，才能增加報導的分量啊。比方說是怎樣的畫家負責畫圖，紙張來源如何什麼的……能不能請你幫幫忙？」

「門兒都沒有，那是你家的事！想鑑定，隨便去街上有貼的地方盯著看就好啦！」

「我也很想照辦，不過每位鑑定士都斬釘截鐵，硬要一份樣本啊。」

看來這年輕人只要下定決心就打死不退。不，或許只是找不到退場時機吧？

沒時間陪他玩了。抗田豁了出去。「那這個給你，安全護欄的波浪板，這樣一次就有幾十張貼紙啦。」

「咦？」小笠原瞪大了眼睛。「可以嗎？這不是區公所公物嗎？」

「是啊。不過平成年間修法，規格換了，這片已經是舊規格。送回區公所也不會資源回收，直接就處理掉了。借你一片不會被雷劈啦。」

「可是……這樣應該算偷竊吧？」

「誰說要送你的！今天剛好星期五，回收業者星期一才要來收這些波浪板，所以就借你到星期一啦。」

「不好意思，你眞的有權決定這種事嗎？」

「很煩耶！你就這麼想要我背黑鍋嗎？明明就是你找上我，到底懂不懂啊？」

「懂是懂……不是啦，我只是不想給你添麻煩而已……」

「別擔心啦，借你一兩片波浪板，不會有問題的。還是怎樣，你又不想要啦？」

「哪裡！當然不是！」小笠原看來還是六神無主，但總算拿定主意，將手伸向地上平放的波浪板。「那就借用一下了。」

「OK的。記得鑑定好之後，到區公所的資源清掃對策室，找抗田先生啊。」

「好的。感謝你的幫忙。」

小笠原試圖搬起波浪板，但一片長達兩公尺多的鐵板，重量可非等閒。他咬緊牙關，拚命抬起一邊，另一邊就在柏油路上拖著走。

波浪板刮地的聲音非同小可。小笠原拖著波浪板離去，低頭向抗田告別，然後消失在大馬路上。抗田摘下帽子，摸摸頭髮，深深嘆了口氣。這白癡，打算一路拖著波浪板到千代田區的富士見嗎？

快閃

角川書店總公司，就位在日本牙醫大學前面的住宅區裡，距離飯田橋站五分鐘腳程。公司並不在大馬路邊。穿過公寓之間的狹窄巷弄，登上不算平緩的坡道，左手邊就是總公司大樓，右手邊則是總公司第二大樓。公司大樓外牆覆蓋著棕色壁磚，線條俐落，一樓外牆特別以灰色大理石裝飾。走上迎賓車道，進入玻璃帷幕大廳，就是總公司的大門。

四月涼風摻有些許冬天的寒意，但仍吹不乾小笠原悠斗的汗水。

一般人五分鐘腳程的路，他花了十五分鐘，上氣不接下氣地爬上坡道，千辛萬苦才走進大廳，立刻就有警衛衝過來「關切」：「請不要拖著走好嗎？會刮傷地板啦！」

他借來拖車，放上安全護欄用的波浪板，搭進了電梯。同一部電梯的員工深受其害，直到七樓爲止。這才終於走進《週刊角川》編輯部的大門。

這層樓的空間之大，在公司裡可是數一數二，但截稿前的喧囂依然充滿各個角落。桌上堆滿大疊的資料，感覺風一吹就會倒，卻又安穩得令人咋舌。每十張這樣的辦公桌組成一個地盤，二十個地盤構成了這樓層。

編輯不是在地盤之間忙碌奔波，就是對著電話筒大吼大叫，或者是趴在桌上夢周公。公司規定禁止員工趴在桌上休息，但這規矩在週刊編輯部形同虛設。職場環境一嚴峻，總是會有新的習慣應運而生。

但必須有一定的人數扭曲了規矩，這種習慣才會不知不覺被環境接受，可不代表這裡隨時能接受任何乖張、荒誕的行爲。

小笠原直抱著長達兩公尺的波浪板，努力穿過編輯部的人海，前往自己的辦公桌。周邊是一片冰冷的視線。他明顯感受到自己成了眾人眼中的麻煩人物。

爲了避免撞到吊燈，小笠原試圖平放波浪板。但才一放下，立刻撞倒了附近辦公桌上的資料堆。隨之而來的，是一陣驚呼、怒吼與咒罵。

「對不起！」小笠原傷透腦筋，不停鞠躬道歉。

「對不起啦！那個，我等等幫你們整理……」

在賠罪的同時，手上抱的波浪板又歪了。此時傳來一個敲擊的觸感，心想不妙，但已經太遲。原本隔壁地盤的辦公桌勉強逃過一劫，這下也是東倒西歪。

「啊啊～」小笠原手忙腳亂。「眞的很抱歉……」

一位記者前輩從座位上彈了起來，大聲怒斥：「你就別再鞠躬啦！快點拿走！拿到地平線那一頭去吧！」

「呃……遵命。」

他垂頭喪氣地穿越嘈雜的人牆，前往社會新聞部的地盤。他將波浪板放在自己的辦公桌後方，斜靠在置物櫃上。

隔壁桌的同梯同事宮牧拓海，雙眼瞪得老大。「喂，這什麼玩意兒？別放在這裡啊。」

然而，精疲力盡的小笠原，根本無力聽取同事的抱怨。他坐上椅子，仰望天花板。「先擔待一下啦。沒有別的地方可以放了。」

宮牧的臉蛋還算工整，就是眼睛大得不協調。他交互打量著小笠原與波浪板。「這不是路邊安全護欄的零件嗎？」

「應該是吧。」

「別把這種鬼東西搬進編輯部啊！放在底下的停車場啦！」

「我剛才就有搬去，可是警衛阿伯不給我放啊。他說要是倒下來，砸中老闆的凱迪拉克怎麼辦？」

「虧你能搬到這裡來。附近就是靖國神社，路上應該到處是警察吧？」

「路上可是被盤問了四次呢。不過，我反過來纏著他們問相撲力士貼紙的事情，他們就臭著臉放我走了。」

「你看起來沒啥肩膀，沒想到挺帶種的。」

此時，一聲洪亮的叫喊劃破喧囂，傳進他耳中。「小笠原!!」聲音有些沙啞。一聽就知道是總編輯。

小笠原急忙起身，並在千鈞一髮之際扶住了差點倒下的波浪板，奔跑穿過前兩個地盤。在觀賞魚缸前方的地盤，一群副總級幹部正對著辦公桌埋頭苦幹，再更往裡面一點有張獨一無二、木造的總裁型辦公桌。

一位白髮蒼蒼的男子，深陷在黑色的眞皮扶手椅上。他正是總編輯荻野甲陽。

跑近一看，荻野正背朝小笠原，大聲怒吼：「喂！客氣一點好不好？把隔板再往後推一點！」

今天編輯部的氣氛如此凝重，看來不僅是因爲業務繁忙而已。一個窗邊的地盤消失了。空出來的位置被隔板圍了起來。

隔板那頭有個年輕職員探出頭來，手邊還抱著動畫女主角涼宮春日的等身大人型立牌。

「窗邊算起七公尺的範圍，是我們這邊的編輯基地台。我們要放福音戰士的銅像喔。」

「住手！」荻野氣呼呼地說。「這裡可不是遊樂場啊！」

「有意見請找社長討……」

「好了好了，隨你們吧！隔板這邊可不准貼什麼海報喔！」

荻野臭著臉轉過頭來，小笠原便開口問道：「發生什麼事了？」

荻野咬牙切齒地嘟噥著：「發行量減少，經費刪減，有十個人被轉到其他編輯部啦。我們這層正被《少年ACE》蠶食鯨吞。」

「沒辦法，人家是養活公司的招牌雜誌囉。」

「鬼扯！《週刊角川》可是有思想、有報導使命感的。新聞工作才是這家公司的基礎！當下經營團隊被不景氣給迷昏了頭，我們才更應該來個當頭棒喝啊！」

「說的是。一點也沒錯。」

「小笠原，」荻野用原子筆筆尖抵住小笠原的胸口。「相撲力士貼紙的採訪進度，應該沒問題吧？」

「啊啊，我已經拿到樣本了。」

「那就快點找鑑定專家提供意見啊！話說在前頭，你要是拿之前相撲力士貼紙的電視節目專輯來做後續報導，我可饒不了你！還有，不准輸給《Friday》！」

「《Friday》？」

「聽說他們也正在做相撲力士貼紙的專刊，應該是今天發行，但書店還沒上架。有時候確實會爲了等一份瀕臨開天窗的稿子，延後印刷時間，但應該中午之前就會送出來了。我想裡面肯定沒什麼重要資訊，你要靠驚天動地的事實狠狠電爆他們！」

「驚天動地的事實？是什麼來著？」

「你的工作就是把它找出來啊！去吧！找啥來都行，能增加發行量就好！要是報導出紕漏，我就把你踢去《月刊俳句》或是《每日新發現》，懂嗎?!」

「我選《每日新發現》。」

荻野的臉更臭了。「聽說《月刊短歌》有空缺喔。」

「我立刻去採訪鑑定專家！」

小笠原向荻野鞠了個躬，飛奔回自己的辦公桌。

說什麼報導的使命感、新聞工作，結果還不是要發行量？

這也是在所難免。如果雜誌停刊，不知道會被換到什麼職位去。搞不好連雜誌的邊都摸不到了。

小笠原正想坐進辦公桌前，就見宮牧轉動辦公椅，打量著背後的安全護欄波浪板。「相撲力士貼紙，不是單純的惡作劇嗎？」

「或許吧。」小笠原坐上椅子，開啓電腦。「也有人說，這是紐約常見的圖形藝術。」

「圖形藝術？」

「就是塗鴉啦。以前蘇活區不是以塗鴉出名嗎？塗鴉畫家堅持這是現代藝術，但對市政府來說就是違法行爲。」

「就是那個在鐵捲門或磚牆上噴漆的？」

「不只這樣而已。從好幾年前開始，德國就有人用貼紙玩快閃。或許相撲力士貼紙就是搭上這股風潮吧。」

「如果結論是這樣，那肯定不是什麼有趣的報導了。」

說的沒錯。但如果屬實，也無可奈何。無論總編輯怎麼說，我都不想扭曲事實，捏造假新聞。總之目前相撲力士貼紙還是一團謎，蒐集詳細資訊才是第一要務。

他打開了事先蒐集的鑑定士檔案。

此時宮牧開了口：「啊，對了，你本來想找的圖畫鑑定士叫什麼來著？永井嗎？他剛打電話來說最近很忙，不接這份工作喔。」

小笠原目瞪口呆。「怎麼這樣！他明明答應我，只要拿到樣本就幫我鑑定的說！」

「還有其他叫安河內的，叫中島的，叫阿藤的，這些鑑定士也都通知說不接了。」

怎麼會這樣？小笠原看著電腦螢幕上的名單，啞口無言。原以爲能拜託的鑑定士，現在全都表示拒絕了。

通常，知名鑑定士會拒絕鑑定具有新聞性的事物。

因爲一旦判斷錯誤，又被寫成報導，就可能面對社會的嚴厲譴責。

這下可糟了。小笠原打開瀏覽器，輸入搜尋字串：鑑定士。眼見今天報導就要截稿，一定要找到不必預約就能答應鑑定的人。而且也沒時間長距離出差，能找到住在這附近的鑑定士最好。

明知困難重重，他還是追加了關鍵字：當天鑑定、飯田橋附近。

搜尋結果出來了。幾乎都是些含有關鍵字，卻毫無意義的結果。當天派遣不動產鑑定士助您投資公寓，可前往飯田橋附近……

然而就在大量搜尋結果中，出現了一個引人注目的標題。

小笠原看著標題，唸出聲來。「萬能鑑定士Q？」

畫布

時間過了上午十點。神樂坂下的車站出口，開始湧現大批人潮。這些觀光客，都是爲了欣賞千鳥淵的櫻花而來。

男女老少的臉上充滿期待，想快點見到櫻花美景。小笠原悠斗拉著從公司總務部借來的手推車，隨著人潮流動。

手推車上放著安全護欄的波浪板，是沒什麼奇怪，所以也沒人質疑。不過遲早會被人盯上吧。我已經在這條路上走三趟了。如果哪個人報警說有可疑人士攜帶公物鬼鬼祟祟，警車想必立刻飛奔而來。

風和日麗的春天，我卻汗流浹背。小笠原停下腳步，看著便條紙。

新宿區神樂坂西4－3－12。附近電線桿上的路標寫著2－6。如果不是往這裡，就是往九段那邊囉？

小笠原在飯田橋站的牛込橋收票口前回頭，沐浴著往來行人的注視眼光，走在運河一般的渠道旁。他就在櫻花樹下的漫天花瓣中，拉著手推車。

我究竟在幹啥？簡直就像大正時代的黃包車車伕啊。

渠道旁的電線桿，終於出現了西4的路標。商圈裡住商混合大樓一樓的出租辦公室，出現了他要找的招牌。

萬能鑑定士Q。壓克力招牌嵌著不鏽鋼字體，看起來頗時髦的。

小笠原本來以爲會是什麼老師傅風格的木製拉門，但門面令他頗爲意外。外觀是整面的玻璃牆，入口是自動門，看起來像間小規模的咖啡館或美髮沙龍什麼的。

不過，門外卻停了輛漆黑的房車，跟門面風格完全不搭。車子引擎沒有運轉，裡面也沒坐人。如果是老闆的車，這衝突的品味也未免太詭異了。

小笠原將手推車擺在汽車後面。這不算並排停車，應該不會挨罰吧？

他抱起手推車上的波浪板，走近自動門。自動門悄悄地打開，他小心翼翼地進門，深怕波浪板撞到門板。

裡面空間不大，但簡約時尚，品味不錯。家具統一使用玻璃與平光鋁材，營造出無機而冷冽的感覺。透明茶几透著淡藍色澤，配上幾張黑色真皮沙發與椅子。展示櫃裡擺著有趣的飾品。店裡就只有這些擺設了。

沙發上坐著一位男子。他身穿西裝，戴著眼鏡，理著西裝頭。年齡四十歲以上，整個就是會在大手町一帶出沒的菁英商務人士模樣。

男子抬起頭，看了小笠原一眼，然後注視著那塊波浪板。他皺了一下眉頭，隨即又低頭看起手上的雜誌。

男子身旁有一包以絲線、天鵝絨布綑包而成的板狀物品。尺寸像是車站裡的宣傳海報大小。小笠原心想：應該是畫布吧。

這麼說來，眼前的男子也是帶東西來委託鑑定囉？外面那輛車肯定是他開來的。好了，我手上這塊髒兮兮、跟裝潢格格不入的波浪板，應該放哪裡好呢？

正當他手足無措，不知從何處傳來了聲響。

裡面的門開了，走出一個人影。先來的男子立刻起身。

小笠原也跟著畢恭畢敬地回頭。

低沉的女性嗓音說道：「讓您久等了。」

聲音沉穩，並且帶著滿滿的自信。老牌鑑定士在寂靜中的寒暄，就應該要有這股酷勁。但眞正令小笠原驚訝的，是聲音與發聲者外表的巨大落差。

她可能比小笠原還年輕，二十三、四歲吧？身材纖瘦，手腳細長，頭身比又大，簡直是模特兒身材。紫色針織衫配蛋糕裙、長筒靴，就生意人來說太花俏了點，但穿在她身上反而相當自然。感覺她就是該穿紫色系。

大波浪長髮修飾她小巧的臉龐，如貓般圓潤的雙眼，高挺的鼻子，再配上櫻桃小嘴。那份青春光彩宛如剛畢業的女大學生，但美麗的五官又不能說可愛，總之是個冰山美人。看來就是很有眼光的樣子。應該就像貓一樣吧。

一瞬間，小笠原雖然被她的強烈氣勢壓倒，但立刻轉為冷靜客觀的觀察。

或許是剛才那位男子的沉著影響了我。仔細一看，應該只是小妹或秘書出來招呼客人吧。

女子似乎感受到冰冷的氣氛，露出了嘲諷般的微笑。那笑容有些生硬，不是少女的開懷大笑，而是老成的淺笑。

男子清了清喉嚨。「我是方才來過電話的蘆山。請找專攻西畫的鑑定士。」

沉默了半晌。女子用漆黑的雙眼看著客人，只回了一句話。「好的。」

室內一片寂靜。女子僅是站著不動，也不見她退回門內，或是開始辦理手續。

那姓蘆山的男子不耐煩地說了：「鑑定士呢？既然招牌寫著萬能鑑定士，應該有多位專業鑑定士在這裡吧？」

小笠原也這麼想。萬能鑑定士Q這怪異的招牌，一定是由許多鑑定士集結而成。所以，他希望在這裡能一次解決所有鑑定。

但女子似乎只是自嘲地微笑著，小聲說道：「不，這裡就只有我一人。」

又是一陣寂靜。兩名顧客呆若木雞，彷彿時間停了下來。

蘆山迅速抱起那包板狀行李，轉身就走。「打擾了。」

「啊啊！」女子從辦公桌後面衝了出來。「等等，等一下啦！」

女子不再像剛才一樣冷酷，以年輕人該有的反應衝到自動門前，擋住去路。

但她的神色絲毫沒有慌張，也並不感到挫折，只是淡然地說：「就由我來看看吧。」

蘆山目瞪口呆，不發一語。

小笠原也有同感。事情好像出乎意料。

女子露出比剛才親切一些的笑容，掏出兩張名片，先給蘆山，再給小笠原。「兩位好，敝姓凜田。」

名片上印著「萬能鑑定士Q，凜田莉子」，還有事務所的地址與電話。其他什麼頭銜都沒有。

小笠原忍不住看了蘆山一眼，蘆山也默默地看著小笠原。

士，代表一種資格。原以為萬能鑑定士是這家店的名稱，沒想到店裡就只有她一個人。

小笠原望向凜田莉子。莉子還是那副生硬的笑容。

那渾圓清澈的雙眼確實魅力無窮，彷彿要將人的靈魂吸走，但我來這裡可不是為了把妹。更進一步來說，年輕辣妹獨自出來接客，感覺反而更危險、更詭譎。該不是拿廉價的古畫、古董漫天喊價，或是強討超高手續費的直銷吧？

看來蘆山也有相同想法，試圖穿過莉子身邊。

莉子張開雙手，擋住蘆山的去路，眼神看來相當強悍，但說話態度卻格外柔和。「既然您都已經把東西帶來了，請務必讓我拜見一下。不會花您多少時間的。」

蘆山一臉狐疑。

最後，他深深嘆了口氣，將包袱立在椅子上，解開絲繩，並鬱鬱寡歡地說道：「我是十萬火急需要找人鑑定，才找來這裡。看來我是太蠢了，才會相信當天鑑定、萬能什麼的鬼話啊……」

他取下天鵝絨，露出了一張畫布。那是一幅油畫。

看來像十九世紀左右的歐洲油畫。背景是客廳，客廳裡有貴婦訪客，以及迎接訪客的家人們，風格走寫實路線。筆觸有點像雷諾瓦。小笠原雖然覺得這幅畫好看，但沒有專業知識，所以細節一竅不通。

莉子彎下腰，仔細看著那幅畫。她的瞳孔似乎有些變色，眼睛瞪得更大，就像貓眼一樣。

蘆山原本肯定是想給莉子難堪，丟下一句「妳沒那本事」就轉身離開。不過莉子看得那樣專注，他的企圖也落空了。

蘆山攤開天鵝絨，準備收起畫布。「光譜分析的結果也很含糊……我想妳大概聽不懂吧？」

莉子若有所思地起身說道：「從畫上採取有機物質，照射雷射光觀察反應，是吧？材料與畫布確定是十九世紀的東西，但還有質疑空間，所以才要找鑑定士，我說的沒錯吧？」

蘆山啞口無言，臉上滿是驚愕。

莉子不再看著畫，從畫布前抽身。「蘆山先生，您應該是畫商吧？想必是打算把這幅畫跟其他畫作，一起當作近代歐洲油畫來賣，但又擔心這是日本畫家最近畫出來的東西。畢竟有可能是有人用當時的材料作畫，來騙過光譜分析儀。」

「妳！」蘆山看來大受打擊。「妳怎麼知道?!不對，妳怎麼知道有其他畫作的？」

「這種無名畫家的畫，放多久都不會增值呀。畫商不可能爲了這一幅畫花大錢做光譜分析。就是懷疑賣畫給您的人有鬼，才會想靠這幅畫揪出對方的狐狸尾巴呀。」

「確實如此……那妳又怎麼猜到，我懷疑是日本畫家畫的？」

「因爲您猜得沒錯，這幅畫確實是日本畫家最近畫的。」

「什麼?!」蘆山扔開天鵝絨，直瞪著那幅畫。「有證據嗎？」

「這幅畫描繪維多利亞王朝的英國家庭，歡迎從法國遠道而來的貴婦。從服裝就知道雙方國籍不同。畫中男主人問貴婦要幾顆方糖，貴婦舉起手指說四顆。但是法國人比四的時候，會彎下小拇指，這幅畫裡卻是彎下大拇指。」

「確實沒錯……但只有這個證據嗎？全世界應該不會只有日本人彎大拇指吧？或許是英國畫家不熟悉法國習俗也說不定啊。」

「客廳牆角櫃子上的鏡子，擺設角度不對。那面鏡子是爲了讓油燈光線發揮到極致的反射鏡，但畫家誤以爲是儀容鏡，所以畫在低處。應該是誤判了當時的資料照片吧？畫家肯定不是英國人。」

「啊……這點說的沒錯。但光靠這樣就斷定是日本人畫的，似乎有些……」

「請看桌上的香腸，上面有幾條斜切的刀痕。」

小笠原看著油畫，卻無法立刻找到香腸，因爲桌上擺滿山珍海味。花了好一番工夫，才在火雞旁邊的盤子上找到幾根香腸。但香腸實在太小，看不出有刀痕。

蘆山拿出放大鏡，貼近畫布仔細觀察。「嗯……果然有！上面畫著切痕。沒想到小姐竟然連這裡都找得到。你也來看看！」

蘆山似乎相當亢奮，把放大鏡塞給小笠原。小笠原拿起放大鏡，仔細端詳畫布。香腸上確實有四條左右、淺淺的斜切刀痕。眞是巨細靡遺的一幅畫。就連肉眼不會細看的地方，都沒有一點遺漏。

「不過……」小笠原抬起頭看著蘆山。「這又怎麼了？」

蘆山立刻對莉子投以請教的眼神。

莉子露出類似苦笑的笑容。「當時英國人確實有個習慣，在法蘭克福香腸上斜切幾道，烤起來比較快熟，但方向是相反的。從左上往右下切，是日本人做便當的習慣，這樣才方便用筷子夾。而且，這是最近才有的習慣。」

蘆山瞠目結舌。「那，這就是……」

「日本人模仿新古典主義到浪漫主義之間的轉型期畫風，加入英國古典宮廷風格的作品。畫布還泡過海水，做腐蝕舊化處理，好騙過光譜分析儀。就算接受伍氏螢光燈的紫外線、紅外線檢驗，應該也會過關吧。」

「假貨……」

蘆山半晌說不出話來，呆若木雞，然後突然雙眼又炯炯有神。他粗暴地抱起剛才寶貝得要命的油畫，用布隨便包一包，向莉子鞠躬行禮。「多謝妳的寶貴建議。本公司爲這位廠商帶來的十幅畫作，總共付了數百萬日圓啊……眞是感激不盡，凜田老師，請原諒我有眼無珠。那，費用部分……」

「有需要的話，我會寫一份鑑定書，到時請一起付清即可。」

「謝謝。我還得去取消購買契約，先告辭了。」

蘆山看來相當感激，對莉子行了好幾個禮，甚至還向小笠原鞠個躬，然後衝出自動門。引擎發動，車輛疾駛而去。玻璃牆外的馬路上，只剩一輛手推車。

室內又是一片寂靜。

小笠原注視著莉子，莉子也回望小笠原，露出硬邦邦的笑容。

小莉原本以爲她的特色就是冷酷，但現在才發現，原來是因爲她的眼睛太大，所以笑起來形狀還是圓滾滾的，不太協調。

「妳好，我姓小笠原。那個……」小笠原狐疑地問道：「『萬能鑑定士』應該不是官方的證照吧？所以妳一個人就能鑑定各種東西？不是只有畫作而已？」

是不是太過裝熟了？小笠原試圖用比較友善的口吻來拉近距離，但似乎不太成功，聽起來反而有種瞧不起她的感覺。

但莉子似乎完全不在乎地回答：「嗯，是啊。就鑑定萬事通囉。」

比我還不客氣。看來她的個性不像外表那樣冷酷。

不過，雖說能請她鑑定任何東西，但到底是眞是假呢？無論知識再怎麼淵博，總有不擅長的領域吧？

小笠原靈機一動，拿下了自己的手錶。那是一支潛水錶。他用手指拎著錶帶，問莉子說：「妳從這支錶可以發現什麼？」

沒想到，貓眼美女稍稍歪著頭，露出一副難以置信的表情。

「你怎麼有這種閒工夫？不是急著採訪嗎？我想週刊也有截稿期限吧？就算進了角川這

麼大的出版社，年資才四年，還有得拚不是嗎？啊，好像多嘴了點，不好意思。」

這次換小笠原啞口無言了。他現在才明白，剛才蘆山受到的驚嚇有多嚴重。

我連名片都還沒遞出來，更別提自己的公司、來訪的企圖，更沒有事先打過電話確認啊！

「妳怎麼……」小笠原努力擠出顫抖的聲音。「妳怎麼知道這些事的？」

「理由說出來就有點……我不想傷你的心。」

「說一下啦，妳這樣講我就更想知道了！」

「不會生我氣？」

「當然。」

「Omega的Sea Master系列，Ocean Chrono Club · Technostar款式，防水六百公尺。四年前推出的限量款，每支都有打上序號與買家姓名。你的錶上印著羅馬拼音Yuto Ogasawara，可見不是中古貨，而是當時用定價四十萬日圓買來的對吧？但是身上穿的西裝是『青木』的三件套裝特價組，鞋子是從『淺草低價王』買來的中國貨。就代表那支錶是慶祝你找到工作的禮物囉。」

眞是五味雜陳。小笠原嘟噥道：「所以，妳知道我進公司四年啊……但是，怎麼會知道公司跟職位呢……」

「會找上這裡的上班族，幾乎都是畫商跟古董商，但他們才不會用手推車載安全護欄的波浪板來。如果是公務員，事先一定會來電連絡。如果都不是，一定是找新聞。你沒有帶攝影機，所以是平面媒體。報社記者的稿件讀者群是全方位的，所以不會找鑑定士，會接觸更有權威的研究人員，像大學教授之類的。只有雜誌記者會探討特定鑑定結果。你沒打電話就上門，代表這家週刊截稿在即。用手推車推來，代表沒搭電車，所以從你的出版社可以步行到我這裡。符合條件的有秋田書店、潮出版社、角川集團。其中會委託鑑定新聞性物品的編輯部，就只有《週刊角川》。我說的對吧？」

「全對。」

「如果不信，我可以說出你那支手錶的時價行情喔。」

「不不，這個不用了。」小笠原急忙將手錶掛回左手腕。

莉子低著頭，仰望小笠原。「生氣了？」

「沒這回事。我說到做到。」

事實上，他一點憤怒的感覺都沒有。

看來，這女子不是只有外表特殊而已。之所以感覺她眼力過人，也不單純是因爲眼睛大。她這樣的歲數，竟然有如此的觀察力與聯想力，以及淵博的知識，無怪乎敢自稱萬能鑑定士了。

話說回來，雖然她在住商混合大樓一樓租辦公室，但這裡可是東京都中心的一流地段。每個月的租金想必不低，可不是光憑興趣就能在這裡開業的，可見她的鑑定工作頗有賺頭。

莉子一晃，離開了小笠原眼前，靠近安全護欄的波浪板。「喔～這就是電視新聞常常報導的那個……」

「對，力士貼紙。」小笠原點點頭。「我想知道是誰、爲了什麼貼這些貼紙。不知道妳能不能從圖案推斷出是誰畫的？」

「很急嗎？」

「嗯……我是希望今天之內能整理出報導啦。」

莉子一聽，視線離開了波浪板，走到店面後方。沒多久，她拎著手提包，快步走回到玻璃自動門前，在內側掛上了一塊牌子，上面印著「外出中」。

小笠原問道：「妳要去哪？」

「力士貼紙不是貼滿了全東京嗎？如果不到現場看看，怎麼了解全貌呢？」

「妳該不會想全都看過一次吧？」

「全部是不可能，不過觀察對象愈多，愈接近事實呀。」

「那我帶來的波浪板……」

「等等我會仔細研究，不過先出門再說。好啦，快出去，我要鎖門了。」

小笠原被莉子從背後推出門外。莉子等自動門關上，將鑰匙插進門下鑰匙孔上鎖，便走上馬路。

小笠原追在莉子身後，說道：「啊，那片波浪板是東京地鐵飯田橋站的……」

「B4a出口附近，商圈單行道旁邊的安全護欄對吧？新宿區神樂坂一丁目附近，強度等級是C級，而且又是舊規格，代表在小巷子裡安裝了好一段時間。如果是都市更新後的路，寬度會更寬。飯田橋站附近只有那塊地方，二次大戰時沒被戰火波及，所以道路寬度還是跟以前一樣。」

小笠原啞口無言，腳步慢了下來，呆呆地看著莉子的背影遠去。

竟然真有這種女人啊！雖然難以置信，但事實擺在眼前，而且還這麼年輕。

她過往的人生究竟是怎樣呢？肯定小時候就絕頂聰明，父母老師都對她另眼相看吧？

莉子停下腳步，回過頭來。「小笠原，快點啊。」

「呃喔！」小笠原回過神，邁開腳步。

萬能鑑定士。這稱號可不是隨口說說。小笠原感受到世界的浩瀚。這女子或許能從怪異不明的力士貼紙中，挖出驚人的事實。

不過，現在小笠原對她本人更有興趣。

她小時候是怎麼過的？是哪裡人？究竟有多顯赫的學歷？

五年前

凜田莉子。就算翻遍全沖繩，也找不到成績比她更爛的人了。

石垣夕嵋的刺耳叫聲正伴隨秋日微風，拂過石垣島八重山高中的教職員辦公室。老師們都忙著指導社團活動，辦公室裡只剩一人。

要不是得指導這女學生的畢業後發展，我早就去陪田徑隊練習了。

三年C班導師喜屋武友禪，盯著一張通知書，嘆了口大氣。

五級評分表上，所有科目都是工整的最低等級1。正確來說，體育和音樂是3，美術是2。根據美術老師的說法，這學生畫圖的天賦似乎還不錯，但所有針對美術知識的考試，成績總是滿江紅。

凜田莉子的美術科答案卷就在這裡，幾乎是交白卷，唯一看來有努力作答的只有一題。

請問，創作了《最後審判》與《大衛像》而聞名的文藝復興時代藝術家是誰？她的答案是吉力馬札羅。或許她其實想寫米開朗基羅，可惜還是擦棒球、接殺出局。

喜屋武猛抓頭。高中入學考試一點都不難，但莉子卻是低空飛過、勉強考上的。之後的成績也只有悲慘足以形容。要不是無遲到無缺席的全勤獎幫忙，早就鐵定留級了。

她光是順利升上三年級，就已經堪稱奇蹟。早從三年前她入學的時候開始，所有教職員就熱切討論，到高三決定畢業後發展的關鍵時刻，她的導師一定水深火熱。

好死不死，凜田莉子的班導師竟然就是我！

莉子的聲音已經壓過石垣夕蜩的叫聲好一陣子了。她的喊聲響徹整個操場。「加油～！打出去～！好棒～！」那精力充沛的聲響，好像眞的在比賽場上加油一樣。

不過，棒球隊只是在做例行練習而已。莉子擔任棒球隊經理，她破表的加油聲已經成了放學後的校園名勝。

喜屋武站起身，走到窗邊。隨風擺盪的窗簾外，是秋天的八重山晴空。

天氣已經感覺涼了不少，但是對本土（日本本州）的人來說，應該跟酷暑沒兩樣。

本州人似乎以爲，石垣島是一無所有的離島。從本州調派過來的職員，剛到的時候每個都目瞪口呆，因爲他們不知道這裡竟然如此繁榮。每個調來的人都說，石垣島有二十四小時營業的MaxValu超市，以及麥當勞的得來速，簡直跟大城市沒兩樣。

八重山群島確實如他們所想像一般，幾乎都是純樸的鄉村風景。但只有石垣島不同，這裡是八重山的核心，也是唯一的都會區。

話雖如此，市區依然沒有鐵路，也沒有輕軌電車，甚至連一家7-11都沒有，只是對八重山居民來說比較熱鬧罷了。這裡有別處買不到的貨物，也有別處不能做的活動。所以離島居民會搭渡輪到這裡來，如此而已。

凜田莉子也是其中之一。她所住的波照間島沒有高中。要搭高速渡輪單程一小時，才會到波照間島，而且最後一班在下午五點出發。她總是陪著棒球隊練習到最後，好幾次差點趕不上渡輪。

棒球隊拆成好幾個小隊，分開練習。主要包括打擊隊、守備隊、投球隊，以及重量訓練隊與跑壘隊。

身穿校服的女學生，穿梭在制服沾滿泥汙的隊員之間。莉子送毛巾、幫跑步的隊員按碼錶計時，當然還少不了加油吶喊。

體型纖瘦、手腳細長、臉蛋小巧，無疑是本校首屈一指的校花。不過，上天是公平的。眞希望她可以不要這麼美，稍微拿一點來換念書的天賦就太好了。

喜屋武向著操場大喊：「凜田！過來一下！」

莉子轉過頭來，笑容滿面地揮手。「喜屋武老師！我馬上過去！」

大而化之，毫無猜忌，無論做什麼都勇往直前、全力以赴。莉子就是這點好。但腦筋卻差到無藥可救。該怎麼辦好呢？離畢業只剩半年，時間正一分一秒地流逝啊。

莉子向著校舍入口飛奔。棒球隊員們停下手，目送她離去，所有人都露出失望的神情。

接下來，整個棒球隊的動作都遲鈍了。揮棒落空，起跑不穩，很明顯地洩了氣。未免太明顯了吧？我知道莉子在隊員之間大受歡迎，但她一離開，竟然就懶散到這個地步？操場上還有兩位女經理，明顯看來一肚子火。

不過是高中生，就已經加入外貌協會了，眞是令人感傷啊。如果我是指導老師，一定狠狠給他們當頭棒喝。

有人敲了門。莉子從大開的拉門走了進來。「報告。」

「凜田，坐吧。」喜屋武從隔壁的辦公桌下拉出椅子來。

「好的。」莉子乖乖坐下，瞪大眼睛盯著喜屋武瞧。

喜屋武拿出了畢業志願表。「凜田，這是哪門子笑話？」

「笑話？」莉子依然滿臉笑容。「上面有笑話嗎？」

「妳有認眞在塡表嗎？」

「當然是認眞塡的呀。」

「別給我添麻煩了。」喜屋武將志願表扔在桌上。「『我想先去東京，然後再找工作。』妳是把我當白癡嗎？」

「這怎麼是把老師當白癡呢？波照間島上沒什麼工作，在石垣找工作又要花很多交通費，那我想乾脆去東京找就好啦。」

「怎麼一下子就想去東京呢？妳在那裡有親戚嗎？」

「沒有啊。雖然東京沒有熟人，但是電視上說，東京有很多工作機會，薪水又高，所以……」

喜屋武把成績單攤在莉子眼前。「就憑妳這樣的成績？」

這下莉子也一臉尷尬了。「我爸媽也說，去東京再加油就好啦～還說只要學對工作有用的東西，這樣比較有效率……」

「事情可沒這麼簡單啊。妳連公司徵才活動都沒參加過，就想直接衝去考職缺嗎？我說，妳該不會想去酒店工作吧？」

「酒店？」

「就是做酒水生意（注：日文中酒水生意指的是陪酒賣笑）啦。」

「酒水生意？會賣礦泉水之類的嗎？」

「如果是，妳要去嗎？」

「那我當然願意去呀。」

「別鬼扯啦！」喜屋武怒斥道。

看來莉子是眞的一無所知。波照間島上又沒有酒店，長這麼大都沒聽過也不是不可能。

而且，此時詳細說明何謂酒店，似乎有違老師的本分。

不過，要是她這樣糊里糊塗就去了東京，九成會被壞人盯上。莉子長得漂亮，又不食人間煙火，很容易被狐群狗黨給拐去。

喜屋武問了：「妳說去了才要學習，意思是現在什麼都沒準備嗎？」

「有呀。」莉子笑著伸手進上衣口袋，掏出一張摺好的紙。「我找到適合自己的學習方法了。老師你看，就是這個。」

喜屋武接過那張紙，打開一看，是雜誌上剪下來的一頁。

標題寫著：**自家速成學習法。只要兩個月就能考上東大！**

喜屋武啞口無言。這根本是瀕臨絕種的詐騙廣告啊！徵求內容裡面寫，只要辦好入會手續，接下來半年會持續收到函授課程講義。說明書裡堆滿了「超棒！劃時代！爆發性！」等等不清不楚的形容詞，但幾乎沒有任何具體內容。

「喂，」喜屋武看著莉子。「這個妳申請好了？」

「是呀。我一打電話，對方就說高三生可以申請學生套餐。大概是前兩個星期的事情了吧。爸爸也幫我簽章了。」

「錢匯了嗎？」

「還沒有，對方說先簽約後付款……講義已經寄來了，內容好像跟題庫差不多，看起來好難，我都還沒做……」

「廢話！肯定是隨便找本題庫影印來的啊！」喜屋武從桌上拿起話筒，撥打廣告上的電話號碼。

莉子瞪大了眼睛。「怎麼回事啊？」

「馬上給我解約！」喜屋武把話筒交給莉子。「妳只要說想退出函授課程就好，其他什麼都不用說了。」

莉子不明就裡地接過話筒，靠在耳邊。「喂？那個，我姓凜田，凜田莉子。我，我想退出函授課程……啊？已經過了試用期……這是什麼意思呢？」

表現得不錯了。喜屋武從莉子手上搶過話筒，強迫換手。「喂，換人聽了。」

對方的聲音聽來像個惡劣歐吉桑。「你誰啊？監護人嗎？」

「差不多啦。」

「法律可是規定，試用期只有八天喔。過了試用期就不准退貨解約。快點匯款，懂不懂？」

「哦~法律至上是吧。」

「那當然。」

「既然如此，廣告上的申請項目也沒錯囉？上面寫著學生套餐，對象僅限學生，對吧？」

「那又怎樣？」

「如果要講守法，這份合約就無效啦。」

「你說啥?!」

「日本學校教育法對『學生』的定義，是大學生、研究生、短大（注：類似二技）生以及職校生。沒了！高中生被歸類爲『生徒』，不算『學生』！一旦告上法院，你們是必敗無疑！自己想清楚啊！」

喜屋武狠狠掛了電話。

教職員辦公室鴉雀無聲，莉子也呆若木雞，過了一會兒才露出笑容，雙手一拍：「老師好棒喔！好像名偵探，超帥的！」

「這沒什麼啦～」喜屋武害羞地抓抓頭，突然回過神來，一臉正經。「凜田，這種手法跟詐騙沒兩樣。短時間內靠函授課程考上東大，已經超出PL法（製造物責任法）所允許的文宣範圍了。妳怎麼可以被這種東西騙去呢？」

「原來是詐騙啊。」莉子一頭霧水。「我完全沒發現呢。爸爸也說這看起來好棒，舉雙手贊成說。」

「妳爸爸在合約上蓋章的時候，神智清醒嗎？」

「不太算，大概喝了六杯泡波（注：波照間島特產的一種沖繩蒸餾酒）吧。」

「那妳媽媽當時在做什麼？」

「在彈三線琴。因爲奶奶說我決定加入函授教育，應該開個宴會慶祝一下。」

喜屋武忍不住低聲驚嘆。這只能說是家庭問題了。就算她父母都答應莉子去東京，要是我在這種情況下放她走，政府肯定會判斷她父母欠缺監護人該有的監督能力。

喜屋武起身，披上外套，對莉子說：「凜田，回家的渡輪是幾點？」

「呃……還有三十分鐘就開了。」

「我也一起去吧。」

「咦?!可是今天已經沒有回石垣的渡輪啦！」

「隨便住個民宿也好，總有辦法吧。我無論如何都得找妳爸媽談談。」

莉子看來興奮莫名，從椅子上彈了起來。「老師要睡覺的話，來我家睡就好啦！泡波還有很多喔！」

「喂，我可不是去妳家玩啊。」

喜屋武知道莉子沒有惡意，但天眞過頭也很糟糕。他一邊整理外套，一邊想：千萬不能對身處險境的學生見死不救。要在她誤入歧途之前，扭轉監護人的觀念才行。

喜屋武心想，還好浪不高。從石垣到波照間島的航程之長，在八重山群島中算是數一數二。所以只要海相一差，立刻就會停駛。平時一天也只有三班高速渡輪，一旦停駛，居民的行動就會受阻。然而居民卻從不喊苦。船上所有人都散發出一種悠閒的氣息，彷彿在說：

「這就是島上的生活呀～」

船艙裡沒幾個人，喜屋武與凜田莉子一起坐在最後面的座位上。雖然愈靠近船尾愈不容易搖晃，但渡輪還是隨著海浪上下搖個不停。

莉子一臉不在乎，靜靜看著漫畫。

喜屋武對莉子說：「妳還眞看得下去，不會暈船嗎？」

「不會呀！」莉子突然抬起濕潤的雙眼，注視著喜屋武。

「這本漫畫很棒喔！講一個女孩子到東京打拚，遇到一個帥氣的樂團女生……」

喜屋武瞥了莉子舉起的漫畫封面一眼。書名是《ＮＡＮＡ》。「這漫畫正流行嗎？」

「嗯！說不定是今年最流行的喔！老師沒在看漫畫嗎？」

「今年可是大戰結束六十年，到處都是紀念活動，又發行很多文獻，而且小泉首相也快要造訪沖繩了。用心看報紙，對學習也有幫助喔。」

「哇～老師好認眞喔。我只想去愛媛的什麼……萬國博覽會是嗎？」

「愛媛？應該是愛知萬國博覽會吧？」

「啊～是愛知喔。就是那個橘子跟毛巾很有名的……」

「那才是愛媛啦。愛媛在四國，愛知在中部地方啊。」

「中部地方……山口縣嗎……」

「山口縣在中國地方吧！妳眞的知道東京在哪裡嗎？」

看在旁人眼裡，或許會以爲我們在開玩笑。而且莉子一臉就是很會讀書的冰山美人樣，更不像眞的不知道。我一開始也是這麼想，但最後所有人都會明白事實，然後目瞪口呆。

日本小學就教過所有都道府縣（行政區）以及地方政府所在地，但莉子幾乎一個都不清楚。每次考地圖塡空，她只能答對北海道、沖繩等幾個點。

她的成績比吊車尾還吊車尾，但莉子本人卻毫不在乎，總是這樣樂天開朗。也就是說，她不了解成績差對人生來說是多大的威脅。看來，確實不能放她自己亂闖。

渡輪的晃動漸漸穩定下來。雖是傍晚時分，太陽依然高高掛在天上。日本最南端的有人島，波照間。眼前出現一個簡單的離島小港。

船一靠上碼頭，乘客就接連下船。喜屋武也跟在莉子身後下船。

島上人口不到六百人。港口一片寂靜，幾乎沒有人煙，只聽見卡車上的石垣牛哞哞叫。員警將警車停在港邊，這似乎是渡輪靠岸時的例行公事，要告訴外地訪客，這個島上有警官駐守。不過，那位中年警官還是離開了警車，在候客小屋前坐了下來，只顧著跟漁夫們談天說地。

港邊沒有城鎮，只有碼頭邊的一座小屋，還有小山丘與平緩的坡道。坡道那頭的村莊應該也很小吧。開小車可能二十分鐘就能繞島一圈了。島上有診所，但沒有醫院，所以島民無法在島上接生，必須到石垣島的八重山醫院才找得到婦產科醫生。

一位太太拉著裝滿甘蔗的手推車，與兩人擦身而過，莉子向她打個招呼，就直接聊起來了。大人們不斷靠過來攀談，看來她在這島上也很受歡迎。

喜屋武看著這純樸到不行的光景，下定決心：

千萬不能讓莉子去東京。我的任務，就是說服她的父母親！

饗宴

位於島嶼中心的村落，有著紅瓦屋頂的平房，四週是貝殼與珊瑚建成的矮牆。每間房子的外觀都差不多，但凜田莉子的老家特別好找。因爲門口的石獅子，長相硬是比其他家都可愛。

喜屋武曾經來過這裡做過家庭訪問，而被這家庭的宴會氣氛給牽著鼻子走。今天一定要硬起脖子，跟她的父母親講清楚、說明白。

日落之後，幾乎沒有路燈的村落一片漆黑。雖然波照間沒有毒蛇，但晚上也沒人出門，大家都窩在家裡。

一回神，喜屋武發現自己正垂頭喪氣，一副不耐煩的樣子，

因爲，莉子的大家族正在眼前盡情狂歡。矮桌上擺著八重山蕎麥麵與黑糖燉的椰子蟹，還有好多瓶島上自釀的泡盛酒「泡波」。

龍生龍、鳳生鳳，莉子如此美麗，爸媽也是相貌出眾，但就是土到不行。爸爸凜田盛昌喝得滿臉通紅，隨著媽媽凜田優那的三線琴樂聲起舞。

家族的大家長住在這附近，在島上中元祭的變裝遊行中擔任主角牛奶神。所以明明不合時節，他還是穿上了遊行裝，跟凜田盛昌一起手舞足蹈。

牛奶神頭戴白布頭套，身穿黃色和服，造型頗為震撼，似乎是島民不可或缺的精神象徵。村民從窗外看到屋內光景，紛紛湧入屋中。凜田家的宴會規模，已經大到快把地板給踩爛了。

喜屋武坐在壁龕旁邊的坐墊上，目瞪口呆地看著眼前光景。

這場宴會的主角不是牛奶神。村民們接連送上衣物或整鍋的燉菜，來祝福莉子。甚至有老人家感動落淚，就好像慶祝本島之光出門打天下一樣。而莉子笑得毫不遲疑，抱著快滿出來的禮物穿梭在酒席之間。

喜屋武被島民的活力給震懾，但看到一對中年夫妻要給莉子勸酒，便不能默不作聲了。他立刻衝上前去。

「請別讓她喝酒！」喜屋武的怒吼蓋過了三線琴的樂聲。「莉子還沒十八歲啊！」

中年夫妻瞪大眼睛看著喜屋武，然後立刻笑容滿面，將酒杯推給他：「那就老師來喝一杯吧！來來！」

「啊，我就……」

「別多說，乾啦！」

喜屋武感覺到在場所有人的視線都轉向自己，而且充滿了期待的光輝。雖然心不甘情不願，但潑他們冷水可不是好事，只會讓莉子難堪。沒辦法，喜屋武就乾了這杯酒。泡波勁道在泡盛之中是數一數二地猛，只覺得一道烈火燒穿喉頭，直達胃中。

「喔喔！」中年男子大聲歡呼。「好酒量，長得又帥！好老師一個！要不要把莉子娶回家呀？」

眾人立刻鼓譟起來：這個好啊！老師是宮古人，可以一起參加爬龍祭啊！小莉，妳看老師這人怎樣？

「蛤～」莉子害羞地苦笑說。「要是跟鏘鏘交往，朋友們會說風涼話啦……」

「鏘鏘」，學生都是這樣叫我的嗎？

雖然莉子沒喝酒，卻已經被氣氛給拉著走了，連老師的外號都直呼不諱。任何人進了凜田家的宴會，都正經不到哪兒去。

喜屋武清了清喉嚨。「各位，慶祝莉子去東京不是壞事，不過……」

話一出口，氣氛立即沸騰。有人高聲說道：「竟然把女兒送去東京，凜田家了不起！」

「沒錯！」又有人大喊。「小莉，妳要進國會跟小泉打招呼喔！」

這句話有如炸彈引信，村民們開始對莉子提出各種要求：交到新朋友，要多宣傳波照間的優點啊！要變得跟夏川里美一樣有名，給石垣一點顏色瞧瞧！紅熊貓風太會站起來算什麼？我們這裡的山羊跟松鼠猴才是……

全都是從電視上看來的東京知識，而且還有錯。風太是住在千葉縣啦！

看來村民們對東京的看法，大概就跟六百人的波照間島的規模差不多。一千萬人的大城市，早就超乎他們的想像了。

喜屋武說道：「各位，自己一個人在東京生活，可沒那樣簡單喔。我認爲各位應該想清楚，送莉子去東京不是個好選擇。」

宴會喧囂戛然而止，彷彿大家同時噎到了一樣。

三線琴無聲無息，牛奶神停下動作，莉子的笑容也消失蹤影。

一陣沉默之中，一位看似莉子祖母的老婆婆說話了：「這種事，我早知道啦。」

所有人都嚴肅地看著婆婆。一看就知道，她在村民之中具有相當的地位。

「老師啊。」莉子的祖母發出沙啞的聲音。「我在八重山貨運公司當顧問，年輕的時候還當過營運幹部，現在大家都很服我。所以，我這把年紀還是留在工作崗位上。」

八重山貨運在石垣島上也算是有頭有臉的貨運公司。任何人要從群島搬往內地，都一定會委託八重山貨運送貨。老闆算是很有手腕的實業家。

莉子的爸爸盛昌微笑點頭。「所以，阿婆家的電話免費喔。」

他老婆優那歪著頭問：「免費？爲什麼？」

「因為大戰結束後，公司被劃入GHQ（注：盟軍總司令部）旗下，美軍當時用的高頻多波段無線電話，就直接接牽到家裡來了，所以沒有加入電信公司啊。」

祖母笑著說：「現在還是喔。所以，我好長一段時間都不知道啥是NTT咧。老爺子騙我那是新的接種疫苗，我都信啦！」

屋子裡又是一陣笑鬧。牛奶神打響了手上的小太鼓。

莉子的祖母隨即嚴肅起來，注視著喜屋武。「我也對莉子說過，只要她一句話，隨時都能進八重山貨運工作。但是，她無論如何都要去東京啊。」

「可是……」喜屋武說道。「連工作都還沒找就去東京，實在有點……」

「老師啊。」祖母靜靜地說：「你老家在宮古，又在石垣工作，應該很少擔心降雨吧？波照間島經常缺水，大家都煩惱沒水可喝。所以，每個人都希望有個年輕人可以到城裡打拚，幫島上想想辦法呀。」

寂靜的客廳裡，氣氛相當凝重。喜屋武這才了解宴會賓客們的心意。

他想起今天在辦公室與莉子之間的談話。一說「酒水生意」，莉子就想到賣礦泉水，而且還願意去那裡工作。原來對波照間的居民來說，飲水問題這麼嚴重。

島上全年缺水，雖然有海水淡化設施，但飲水依然不足，傍晚總會聽到島上廣播節約用水。據說居民甚至要從砂石坑裡的湧泉汲水送往淡化設施，才能度過難關。

石垣附近的島設有海底水管，但距離太遠，執行上有困難。波照間是日本最南端的小島。雖然同樣是南方小島，這裡的艱苦卻非宮古島、石垣島的居民可以想像。

沒有人能提出具體的解決方案。但還是希望送年輕人進城打拚，追求渺小的希望。所以看到有島民願意去東京，當然要全力支持。

他們當下能做的，也只有這樣而已。

祖母面露微笑：「哎呀，我們也不想勉強莉子做什麼。無論妳什麼時候想回來，一句話就成了。只要婆婆我還能動，都可以安排妳進八重山貨運工作喔。」

莉子的表情五味雜陳，但隨即笑著點頭。

「好啦！」凜田盛昌大聲一喊。「再給它慶祝下去！優那，來一首爽快點的！還有那邊，再拿三瓶泡波來！」

村民們等不及地再次狂歡起來，宴會又充滿活力。三線琴音繚繞，牛奶神手舞足蹈，眼前一片歡笑。

莉子忙著到處斟酒，但那笑容中的憂鬱，逃不過喜屋武的眼睛。

喜屋武終於明白了。

這份喧囂嘈雜，只是爲了掩飾莉子、她爸媽，以及所有島民心中的蕭瑟。

凜田家今晚的饗宴，主題正是送別。

蘋果與柳橙

宴會一直持續到深夜。三線琴終於不再發聲，所有人都跳累了、唱倦了，躺在琉球榻榻米上呼呼大睡。凜田盛昌的鼾聲十分響亮。莉子的媽媽凜田優那站在廚房裡，似乎還想端幾道菜上來。

喜屋武沒看到莉子的身影。他緩緩起身，走向屋外長廊。酒的後勁上來了，腳步不太穩。不過，波照間秋季的冰涼晚風，多少讓醉意清醒了一些。

莉子正獨自站在庭院裡，仰望夜空。

長廊底下擺著拖鞋，喜屋武穿上一雙，走進庭院，慢慢靠近莉子。

抬頭一望，是滿天的星斗。莉子眼前的光芒，除此之外絕無僅有。

「南十字星啊……」喜屋武嘀咕道：「眞是波照間特有的寶藏。」

莉子點點頭。「我聽說到東京就看不見它了，所以想先看個清楚。」

「凜田，妳是覺得自己應該做點什麼，才決定去東京打拚嗎？」

「咦？」莉子注視著喜屋武的臉。

「大家希望年輕人進城，最好還能去東京，多少爲了改善島上的環境盡點力。婆婆也好，島上居民也好，每個人都這麼說。妳是聽久了，才決定要去的嗎？」

四周鴉雀無聲，莉子僅是默默地看著喜屋武。

然而，這陣沉默就是答案。喜屋武知道自己想的沒錯。她那雙從不說謊的大眼睛，正泛著些許淚光。

「不過，我說啊，」喜屋武作勢嘆了口氣。「東京可不像大家說的一樣，隨便就能碰到首相之類的大人物喔。那是個人吃人的大城啊。」

「咦?!」莉子一臉驚訝。「都市人會吃人嗎?!」

「東京人又不是食人族。而且，東京也不像這島上，到處有養馬、養羊啊。」

「說的也是，那裡到處都是高樓大廈呢！」

「妳也是從電視上看來的吧?話說，去了東京，妳打算找什麼工作，來解決島上的缺水問題?妳有本事進那樣的公司嗎?又眞的了解要趕上都市人，得花多少心力念書嗎?」

話似乎說得太重了點。

老實說，我這個八重山高中老師，幾乎沒鼓勵過學生好好念書。莉子的成績雖然是爛中之爛，但我還是認爲，只要學點閱讀跟計算能力，在當地找到工作不成問題。現在才告訴她念書多重要，似乎有點站不住腳。

但既然她決心進城，這下不說也不行。

莉子突然表情僵硬，似乎很難理解複雜的現狀。

沒多久，莉子露出了心虛的微笑，說：「我不知道。」

她又接著說：「老師應該明白，我完全不會念書。在島上念小學跟國中的時候，成績總是吊車尾……就算想念書，腦筋也不夠好。什麼都記不起來。」

「我知道妳有心念書。有志者事竟成。音樂老師對我說過，妳欣賞交響樂的時候會感動落淚，但是要寫感想卻寫不出來。美術課也差不多是這樣吧？妳就是看課本上的圖片看到出神，才沒在聽老師說些什麼。」

「我雖然不清楚，但是那幅畫眞的很棒啊。不過是幾顆蘋果放在一塊布上，看起來就是特別眞實。『在上』的畫眞棒。」

「是塞尙吧！」喜屋武猛抓頭。「數學不行，英文不行，漢字一個都不知道，歷史地理也爛到無以復加。妳這樣眞的行嗎？有辦法一點一滴念起來嗎？」

「可以。」莉子立刻笑著回答。「我會盡力而爲！」

這種正面思考威能是哪來的？不，剛剛在宴會上，莉子確實露出了孤單的表情。她只是拚命想爲了島民做點事吧。

一旦前往東京，她一定會傷痕累累。可能被捉弄、被疏遠、被孤立。

但是，只要到時候回家來就好。只要莉子覺得自己盡力了，就算無功而返，也不會失落、消沉。

數不清的年輕人進城打拚，又失敗回鄉。

她應該也會步上後塵。

這有什麼不好？莉子想拯救島民的決心，再好不過了。

能教出莉子這樣的學生，我應該感到光榮啊！

「凜田啊。」喜屋武說道：「答應我一件事。」

「什麼事？」

「聽清楚了，絕對、千萬不要碰酒水生意啊！」

「意思是不要去賣酒跟礦泉水嗎？」

「這樣妳連去超商打工都不行吧？不是這意思，酒水生意就是那個……」

「難道是去自來水公司工作嗎？這說不定可以幫上波照間喔。」

「妳打算從東京牽水管到這裡來嗎？自來水公司也是有分轄區的。總之，別想太遠，千萬不要碰酒水生意就對了。別逼我這個老師說得太清楚。總之，一進東京，妳不想明白也會明白。反正絕對不能碰酒水生意，當然也不能違法！只要答應我這件事，我就贊成妳去東京。」

「眞的嗎?!」莉子跳了起來。「太棒了!謝謝老師!」

「凜田，妳能答應我嗎?」

「嗯!我答應老師，絕對不碰!向南十字星發誓!」

莉子說著，望向銀河中的四顆明星。它們的光芒，融在莉子的瞳孔之中。

喜屋武輕輕嘆了口氣。他眞心覺得，當莉子看著美麗的事物時，那眼神眞是無與倫比。

聽說，塞尙的作品《蘋果與柳橙》，其構圖怪異、非現實，但配色與空間卻達到幾何學的均衡，是技巧非常高超的一幅畫。

能夠跳脫理論，而看見其中的美，或許莉子擁有純粹到極致的藝術眼光也說不定。

天馬行空之後，喜屋武回過神，苦笑兩聲。

未免想太多了，連我都跟島民一樣過度期待起來。是因爲牛奶神的神力，還是泡波的酒力呢?

此刻，我只是在跟天眞無邪的學生，一同欣賞夜空中的奇幻光景罷了。

南十字星。凜田莉子啓程之後，要經過多少歲月才能再次見到它的光芒?希望那天不會太快來臨。而喜屋武打從心底相信，在那之前，島上就會有所改變。

遙不可及的夢

畢業典禮後一週，十八歲的莉子第一次搭上飛機。班機從石垣島直飛羽田。如此巨大的物體竟然能飛上天空，實在難以置信。莉子嚇得全身起雞皮疙瘩。幸好棒球隊員們知道她要進城，全體寫了一張賀卡，她就將賀卡當成護身符，緊緊抱在胸前，壓抑恐懼。

棒球隊員們都很有情有義。在莉子出發之前，家裡每天都大肆慶祝，幾乎同年級所有學生都到了波照間島上的凜田家住過一晚。旅費由大家集資。剛到東京的生活費，就由父母想辦法。

莉子深深感受到，有許多人在爲自己加油。一定要克服萬難，追求島民的幸福。雖然現在還不知道如何是好，但奶奶說過：每個人都曾經是新手。

莉子靠在飛機座位的椅背上。船到橋頭自然直啊。

從抵達羽田機場的那一刻起，莉子便發現自己被捲入一個眼花撩亂的瘋狂世界中。

入境大廳裡擠滿人群，人數遠超過八重山的爬龍祭。一條好比石垣島夏季慶典的人龍，一路連向機場旁的輕軌電車站。好不容易搭上車，車廂裡簡直像沙丁魚罐頭一樣擠。比八重山鬥牛場在元旦舉行的鬥牛大會還擠。才剛到東京，就覺得身心俱疲了。

雖然沖繩本島也有輕軌電車，但奶奶說沖繩的輕軌電車都沒人搭，想坐哪就坐哪。而且下一班，下下一班，都是空蕩蕩的，想擠也擠不起來。羽田機場的輕軌電車似乎幾分鐘就有一班，為什麼還會這樣擠呢？東京是不是正值什麼節慶啊？

莉子拖著沉重的大旅行箱，好不容易才來到JR濱松町站，而這裡也令她目瞪口呆。還沒出售票口，車站裡就是一個大商城，有書店也有速食店。無論走到哪，車站大樓裡都是金光閃閃的店面，而且滿滿地都是人。*這裡眞的是車站嗎？*就在心生惶恐的時候，莉子總算找到下月台的樓梯。

但是，月台又讓她大吃一驚。

好大！這月台未免太大了！要是浮在海上，都可以當小島了。而且進站的電車實在有夠長，長到莉子以為它沒有盡頭。

電車停下來，開了門，擠在月台上的群眾一古腦往車廂裡衝。這條叫山手線的綠色車廂電車，好像上一輛才剛走，下一輛就接著進站，連喘口氣的時間都沒有。而且，每次停車都會吐出一大票的乘客。怎麼會有這樣多人呢？如果在八重山群島的村莊裡，公車壞了，乘客就會下來推車。嗯，不愧是東京，有這麼多人力的話，就不怕電車拋錨了。

不對，現在不是驚訝的時候。奶奶透過八重山貨運的朋友，租了一間公寓。我得先到中野這地方才行。

莉子第一次搭電車，屏氣凝神地看著窗外不可思議的大城市景象。在這段過程中，莉子也開始發現很多事情不如預期。

電視上看到的東京，到處都是高聳入雲的摩天大樓，但實際上摩天大樓只是零零星星，反而到處都是傳統的平房民宅。而原本聽說新宿、澀谷等地區有很多好玩的東西，但實際上只有一大堆平凡無奇的商店，離車站遠一點就是偏僻的住宅區。看來，東京就算沒有節慶活動，人潮也是絡繹不絕。大家究竟要去哪？為了什麼？難道跑來跑去就是他們的興趣嗎？

夕陽西斜，莉子總算到了中野站。車站附近還算繁華，但感覺髒兮兮的。她手上拿著奶奶給的地圖和指南針找路，感覺更是奇妙。

中野五丁目的巷弄錯綜複雜，兩旁是整排的老房子。木造平房看起來頗有歲數，跟竹富島上的村莊有得比。豆腐店、蔬菜店、電器行，感覺都比鄉下還鄉下。莉子忍不住想確認這裡到底是不是東京。

莉子住的公寓也是一樣。之前每天都在想，一個人到城市討生活肯定會住好漂亮的房子，現在夢想幻滅了。這裡是屋齡三十年的木造破公寓，她住在二樓的一間和室，面積只有一坪半。這就是莉子的生活空間。

房間實在太小，鋪上棉被之後就滿了。十六吋薄型液晶電視掛在牆上，就幾乎碰到牆角。旅行箱也只能放在門口脫鞋子的地方。房間小到沒辦法改變棉被方向，但用指南針一測，枕頭竟然恰好朝北。（注：日本習俗認爲死者才會頭朝北，不吉利。）莉子無計可施，只好頭朝門口睡覺了。

幸好莉子沒被這些事情打倒。她翻開從便利商店拿來的免費就業資訊雜誌，立刻開始找工作。

隔天一早，莉子穿上精心準備的套裝，開始找工作。一打電話，立刻就決定面試時間。她感覺自己就要成爲上班女郎，開心地走上大街。一切所見所聞，都是那樣新鮮有趣。這裡是個新天地，前所未見的人生就在前方。眼前充滿了希望。

但是，開心只能到此爲止。就連樂天的莉子，也不得不感受到現實的嚴苛。

面試考題沒有一題答得出來。第一家面試公司是餐具製造商。頭髮斑白的面試官問了：「進我們公司之後，妳想做什麼？將來有什麼夢想？」

莉子老實回答：「夢想啊，應該是賺錢繳房租吧。」

面試官又問：「妳會不會Blind touch（鍵盤盲打）？」結果她跑去摸了百葉窗（blind）。

另一家面試公司問她，有沒有敬重的偶像？莉子想著想著，竟然就感動地哭了出來。

原來，莉子想起小時候從兒童讀物裡看到愛迪生與野口英世的事蹟，就感動落淚了。面試官當然不明就裡，判斷她情緒不穩定，謝謝再連絡。

而筆試又遠比面試更困難。

聽說淺草的紡織批發公司，會在徵才考試中考歷史，因為商品特色跟歷史有關。於是莉子買了歷史書來念，但一個字都記不起來。當然，考試的時候也完全無法發揮效果。

填空題。德川吉宗把將軍寶座讓給家重之後，依然自居「大御所」（注：類似太上皇），掌控權力，鎖定與財政息息相關的米價，持續改革。所以後人稱他為（　）將軍。正確答案是「米將軍」。但莉子信心十足地寫下了「暴坊將軍」。

面試官尷尬地說：「吉宗確實算得上是暴坊將軍（注：霸道的將軍）啦。」但結果當然還是靜候通知。

莉子希望能用與生俱來的樂天，換點其他的能力，但好像換不到學習力。她總是聽到考官這樣的評語：「妳的直來直往就像國中生，所以這次我們不予錄用。」

月底將近，莉子連繳第一筆房租都有困難。想打電話找爸媽商量，但打到沖繩的電話費太貴了，就連寄信的郵資都貴到嚇人。我得靠自己突破難關！但該怎麼辦？

就在某天傍晚，莉子提早回家，打開電視，被某個新聞特別節目給吸引住了目光。

女主播說：「各位努力求職的朋友們，獨家消息來囉～」

畫面上出現一棟六、七層樓高的住商混合大樓，外牆噴成了苔綠色。門口堆了各式各樣的商品，招牌上寫著「便宜貨總店」。

便宜貨，電視廣告出現過好多次。它是一家大型連鎖二手商店，在東京都內有好幾家分店。

東京的連鎖商店多到莉子難以想像。連鎖服飾店島村在石垣島有分店，所以她多少清楚，但便宜貨就是來到東京才聽說的其中一家連鎖店。

女主播就站在招牌底下。

「這裡是便宜貨總店，目前正在實施特別收購活動，主題是『幫幫新員工』！實際上的活動內容究竟如何呢？讓我們請教一下便宜貨的老闆千金兼公司員工，瀨戶內楓小姐。」

另一位女子從畫面外走了進來。她身穿印有便宜貨商標的圍裙，應該是員工制服吧。

字幕寫著：瀨戶內楓小姐（21歲）。這位女子比莉子大三歲，留著中分的金色鮑伯頭，配上星形大耳環，長得像個高調偶像明星。臉上化著淡妝，五官工整，看起來遠比一旁的女主播更像個藝人。

但是瀨戶內楓接受訪問的語氣冷靜又低調，與她的外表恰恰相反：「各位顧客攜帶物品要求本店收購時，若碰巧是今年剛踏入社會的新鮮人，老闆將親自與您面談。只要您說出未來的夢想、希望，以及對求職的熱情，本店將以特別高價收購您的物品。」

女主播微笑問道：「所以，不是找人到便宜貨來上班囉？只有已經確定要去哪裡上班的人，才能參加活動是吧？」

「是的。本活動就是爲了幫助充滿熱情的年輕人。活動明天截止，請各位踴躍參加。」

「老闆——應該說楓小姐的爸爸，是個有名的慈善家。以前也曾經針對退休人士舉辦一樣的活動對吧？親自面談，說出對人生第二春的抱負，就高價收購物品。」

「是的。」楓點點頭，傷腦筋地笑著說：「這是爸爸的興趣……但根本賺不到錢，眞希望他別再玩下去囉。」

「別這麼說咩～」女主播笑著打圓場，電視畫面呈現一片歡樂。

但莉子的心境完全不同，她全身緊繃，鬥志高昂。

畫面一角，就在便宜貨的門口旁邊，堆了好幾個旅行箱。看來，這裡有在收購、販賣中古旅行箱的樣子。

她望向脫鞋處的旅行箱。雖然搬家少不了它，但當下只是個礙手礙腳的東西罷了。

除了旅行箱之外，如果對方能再買幾樣我不要的東西，應該能補貼生活費。雖然我還沒找到工作，但我相信自己的熱情絕對不輸人。只要讓老闆明白這一點，或許他眞的會高價收購喔！

沒時間打混了。莉子把旅行箱放在棉被上打開來，開始分類衣服。哪些要穿、哪些不穿，全憑直覺，眼明手快。

在東京求生，就像打仗。機會到處都有，抓到就不能放手。我一定要親手賺到目前的生活費！如果在這裡就放棄，島民們的希望，就只是遙不可及的夢了！

便宜貨

隔天剛過中午，莉子就拖著旅行箱，裡面裝滿不用的衣服與雜物，走在井之頭公園附近的都道七號上。

出了吉祥寺車站之後，莉子已經走了快一個小時。店家資訊說離車站十五分鐘，難道是錯的嗎？不對，這條路好像剛剛走過了。我眞的是往目標前進嗎？有點心虛。

就在一陣大迷路之後，莉子好不容易找到路邊的苔綠色住商混合大樓。跟電視上看到的一樣。兩邊的民宅幾乎跟大樓貼在一起，看起來比想像中要小。但是，便宜貨總店的招牌，堆滿門口的貨品，都跟新聞節目報導的一樣。

走近一看，貼了張紙條，上面寫著：「希望進行高價收購面談的顧客，請由後門進。」

莉子從旁邊繞進小巷子裡，突然被眼前的光景嚇呆了。

大樓後面人山人海，擠滿了與莉子同年或者大個幾歲的男男女女。每個人都穿著全新的西裝或套裝，談笑風生，或是喝著罐裝咖啡，可能是因爲有了工作，才這樣輕鬆自在吧？

莉子不經意地將手掌放在胸前。她的外套底下穿著求職用的套裝，髮型也自覺下過工夫。但站在眼前這群人之中，依然有著明顯的隔閡。每個人看來都好成熟，我只不過是個高中生心態的米蟲妹罷了。

但恐懼毫無用處。莉子拍拍旅行箱上的灰塵，擠進人群之中。人群中心有個穿圍裙的男員工。這位員工年紀輕輕，髮線卻很高，正忙著對眼前數不清的手掌發放號碼牌。

莉子奮力擠進人群，加入領號碼牌的戰局之中。男員工扯開嗓子大喊：「領到號碼牌的人，請到倉庫裡等一下！被叫到號碼，請立刻進辦公室！」

莉子千辛萬苦地搶到了號碼牌，又被前仆後繼加入戰局的人們往反方向擠開。好不容易終於穿過人群，看見便宜貨總店的後門。

一樓整個打通，是車庫兼倉庫。鐵捲門已經升起，牆邊堆了好多紙箱，應該是商品庫存。

車庫裡停了一輛冷凍櫃卡車，車斗沒有窗口，但後門是開著的。另一位男員工從車斗中走出來，拿出一支好像攝影棚用的燈傘，傘上還結著霜，一片雪白。

員工對著大樓裡半開的門大喊：「喂！哪個白癡把這東西放進冷凍車的啦！」

看來狀況有點混亂。除了平時的業務之外，還得跟大批顧客面談，員工們肯定忙得暈頭轉向。

卡車旁邊擺了許多摺疊椅，坐滿看似等待面談的年輕男女。每個人幾乎都在玩手機打發時間。但不管是傳簡訊或者看影音，對阮囊羞澀的莉子來說都太過奢侈。

莉子坐在最邊邊的椅子上。她隔壁的女孩，腳邊放了個大紙袋，可以稍稍看見裡面裝著掌上型遊戲機跟遊戲軟體。這應該就是她要賣的東西吧。

她又轉頭一看，一個年輕男子打開大腿上的公事箱，裡面裝著筆電跟貴金屬之類的東西。

莉子再次失去了信心。我的行李只有沖繩傳統的紅染花布、BEGIN的便宜T恤，這些東西眞的能賣嗎？早知如此，當初就不該把火龍果罐頭跟油炸糖吃光光了。

店家把髒兮兮、賣不出去的書，拿給等待面談的人打發時間。莉子從其中拿出一本，書名是《哈利波特：神秘的魔法石》。

她知道這本書很流行，但對印刷品興趣缺缺，所以從來沒看過。打開一看，字體又大又清楚，就趁這機會看一看吧。或許以後面試官問到喜歡看什麼書，就不會支支吾吾了。

正當莉子沉浸在霍格華茲魔法學院的冒險歷程中，耳邊傳來女子的聲音：「喂，不好意思？」

是誰在呼喚我？腦中浮現了淡淡的疑問。不，我不想回到現實。好想就這麼留在魔法世界裡啊……

「喂！」聲音聽來有點不耐煩。「這位客人！妳是來面談的吧？」

啊！回魂了。對呀，我應該是來面談的。這裡應該是……

莉子抬起頭一看，自己正在倉庫裡面。便宜貨總店的車庫兼倉庫。可是，好像跟剛才有點不一樣。

曾幾何時，四周嘈雜的人聲都消失了。倉庫裡，巷子裡，一個人都看不到。太陽已經西沉，天上掛著漂亮的晚霞。烏鴉的叫聲。還有遠處學校傳來《日暮西沉》的旋律，告訴學生該放學了。

原本停在車庫裡的冷凍卡車不見了。微風吹過空蕩蕩的倉庫。車庫兼倉庫裡的摺疊椅上空無一人。只剩莉子一個人還坐在這兒。

有位女子就站在身邊，低頭盯著莉子瞧。莉子呆呆地望著她的臉。這女子身穿員工用的圍裙，好像有點眼熟。是昨天在新聞節目裡看過的。老闆的女兒來著？好像叫楓……對了，瀨戶內楓。

不過，怎麼回事？我看不清楚楓的臉，模糊又扭曲的。我視力應該不差啊？

楓一副無法理解的表情，嘟噥道：「妳在哭什麼啊？」

哭……我在哭嗎？

莉子這才發現自己淚眼汪汪，所以眼前才會一片模糊。

她趕緊揉揉眼角，說道：「不好意思……一看到哈利的父母那樣，就覺得好想哭……」

「哈利？」楓皺起眉頭，看到莉子腿上的那本書。「妳該不會看書看到入迷了吧？」

「或許吧……一開頭就覺得哈利好可憐，不敢看下去，但是他搭上前往霍格華茲的火車之後，人生就有了三百六十度的轉變……」

「那不等於轉一圈回來了嗎？一百八十度才對吧？」

「啊對喔。沒錯。總之我看到一整個陶醉，就……」

「客人啊，」楓一臉難以置信。「妳來這裡，只是爲了看舊書感動落淚嗎？」

「啊，不是，我是想來面談的。希望你們能收購這個旅行箱跟裡面的東西……」

「號碼牌呢？」

莉子戰戰兢兢地交出手上的號碼牌。

楓接過號碼牌，嘆了口氣。「就是這號碼啊……幾個小時前我叫過，但是沒人回應，我就跳過啦。客人，妳看清楚，現在面談已經結束囉。」

「咦?!啊，那個，對不起，眞的對不起……現在還可以面談嗎？」

「這我也很難做啊……收購的收銀機都關了。」

這時候，傳來男子沉著的聲音：「怎麼啦？」

從車庫裡面走出來一個身穿工作服的中年——不，更年長一些的男人。體型瘦高，頭髮灰白，帶點自然鬈，梳成工整的西裝頭。雖然看得出有些年紀，但腰桿打得筆直，腳步也沉穩有力。工作服裡面穿的襯衫沒有一道縐褶，連領帶也是直挺挺的，一眼就知道這人很注重儀容。

男人走了過來，看向兩個女孩。他的長相滄桑中帶有沉穩，眼神淡然，五官端正。嘴型宛如一條筆直的橫線，充滿誠懇。

他的名牌上寫著瀨戶內陸，所以他就是——

「爸。」楓對這男人說道。「她說她看書看到入迷，被叫到號碼都沒發現啦。」

「喏，」男人露出微笑。「在店裡別叫我爸，要叫老闆啊。」

「啊，是，老闆。我告訴她面談五點就結束，現在已經不受理了……」

便宜貨的老闆瀨戶內陸看著莉子。「妳，叫什麼名字？」

莉子連忙起身。「我叫凜田莉子，從波照間島到東京來的！」

「哦~波照間島啊……那還眞是千里迢迢了。那，妳現在在哪高就？」

「呃……這個……其實我還沒找到……」

「蛤~？」楓一臉受不了的樣子。「意思就是待業中囉？妳到底清不清楚今天的活動內容啊？」

「妳先等等。」瀨戶內陸擋下女兒，問莉子：「那，妳希望我們收購什麼？」

「就在這裡。這個旅行箱，還有裡面的衣服跟日常用品之類的……」

「嗯～」瀨戶內老闆摸摸下巴。「好，到裡面來吧。」

楓立刻想要開口抱怨。「爸……不對，老闆！」

「這有啥不好？人家看書看到入迷，好事一樁啊。這個活動的宗旨，本來就是你有難、我幫忙。我不是說過好多次了嗎？」

「你可別太同情人家，就給她一份工作喔！我們還得節省人事費呢！」

「妳講話眞是愈來愈像妳媽了。」瀨戶內聳聳肩，踏出腳步。「凜田小姐，這邊請啊。」

老闆走向裡面的門口。楓知道抗議也是徒勞，表情一變，滿臉微笑地拉過莉子的旅行箱。

「我幫妳吧。」楓說道。「面談加油。讓我們費這麼多工夫，要好好表現喔。」

「謝謝妳！」莉子也報以微笑。

總之，能碰到一群好人眞是太棒了。

但問題才正要開始。莉子面試從來沒有成功過。雖然現在不是找工作，但如果不認眞，煮熟的鴨子也會飛掉。一定要全力以赴！不過該怎麼盡力呢？一點頭緒也沒有。

收購面談

當牧師，這是瀨戶內陸從小到大的夢想。

他在教會的主日學校上，被牧師的演說深深打動。這份感動，令他下定決心要當牧師。想在教會工作，設置教養機構，一手拉拔那些不好命的孩子們。這就是瀨戶內年輕時的理想。

雖然他跟許多教會接洽過，但每個教會都有財政困難，無力推動新事業。既然如此，就先賺取資金吧。於是，他開始經營二手商店。那是大學畢業後不久的事情，距今已經快三十年了。

他努力念書，慢慢擴張營業規模，到了這把年紀才當上連鎖企業的老闆，擁有幾家直營店與加盟店。然而，現在每天都為了資金周轉而奔波，幾乎沒賺到幾個錢，夢想依然只是夢想。

瀨戶內心想：其中一個原因，或許就像女兒楓說的一樣，自己總是喜歡把營運放第二、助人放第一。

每個帶東西要賣的人，都是一臉慘淡，不知道明天有沒有飯吃的樣子。那我乾脆好好幫他們一把，別想賺多賺少，高價買下來就對了！這就是活動的起點。如果對方說出苦處，自己就提供意見。絕對不讓盈虧左右思緒。瀨戶內認爲，一個曾經想成爲牧師的經營者，能做的善事就只有這個了。

或許自己是個失敗的經營者，但一點也不後悔。眼下業務還算過得去，未來發展也都有計畫。公司跟連鎖店都不會負債。絕對不會讓楓像自己一樣，爲了錢傷透腦筋。

在能力範圍內助人。宛如當初那位牧師爲自己指引了康莊大道，他也要盡力而爲。這就是他的信條。

所以，瀨戶內正在四面都是書櫃的小小辦公室裡，面對希望收購物品的凜田莉子，專心聽她說話。

莉子的口條並不流暢，但就如她的外表一般，有種迷人的魅力。莉子說話還帶著點八重山方言的口音，卻情感豐富地描述著當地習俗，與自己少女時代的回憶。

她決定進城的動機、父母與導師的溫馨關懷、到了東京之後面臨面試與筆試的嚴峻考驗……說得令瀨戶內宛如身歷其境。

瀨戶內心想，她的心靈想必是無比清澈透明。無論說什麼都如此誠懇，不懂嘲諷也不會浮誇，所以什麼事都坦誠以告。包括她本身沒有發現到的部分，也就是獨居的孤單與寂寞。

莉子熱情論述這次面談的主題「對未來的展望」，說著說著便眼眶一濕，淚珠撲簌簌地滾了下來。

「所……所以我……」莉子用手指擦去臉頰上的淚水，哽咽著說。「所以，我什麼都肯做，只要能改善離島的環境，這樣就好！至於做什麼職業才合適，之後我會慢慢學習，首先是邊做邊學，然後，只要能賺點錢，什麼工作我都做，非做不可！所以……」

瀨戶內舉手示意莉子不必多說，然後拿出手帕，遞給她。

莉子糊里糊塗地接下手帕，擦拭雙眼。「對不起……」

「看來，妳的情緒太亢奮，自己掌握不住的樣子。」瀨戶內靜靜地說。「紅髮安妮也因爲摘花摘到入迷，忘了去主日學校。妳跟她挺像的。」

「啊……我有看過那部卡通。有可能喔。」

「妳還在找工作吧？除了面試之外，筆試應該也跑不掉。讀書讀得順利嗎？」

「這個……」莉子低下頭去。「我腦筋不好……太難的東西記不起來，而且一翻開參考書就想睡……」

「能誠實面對自己的缺點，了不起。不過，妳不是腦筋差，應該只是念書的方法錯了。或者該說，妳根本不知道怎麼念。」

「怎麼念？」

「妳說妳記不住東西，但我想妳不是記不住，而是不知道怎麼記。」

「是說『餓的話，每日熬一鷹』（注：俄德法美日奧義英，八國聯軍的記誦口訣）之類的嗎？」

「那只是口訣吧。我是說更基礎的東西，妳不知道怎麼把課本上的東西裝進腦子裡。」

「可能吧……我念書總是會分心。」

「就是這點了。妳的感性比別人要強上一倍。可以說是看到什麼都會感動的人。我不否認，世界上任何事物都可以找到一個觀點，看出其中的驚奇與感動。妳就是會不斷地感到驚奇，想去探求事物本質、確認存在意義的人。」

「哦……是這樣嗎？」

「我認爲，像妳這樣極具感性的人，應該很擅長記憶才對。」

「咦？」莉子瞪大了眼睛。「你是說我嗎？」

「當然。我也是三流大學畢業，沒啥資格說大話。但回想起來，政府安排學生在多愁善感的青春期尾聲考試升學，其實是有道理的。因爲感性愈強，記憶力就愈強。記憶只要帶有感動，就會留下深刻印象。不過，我是出了社會，才把這招用來念書就是了。」

「您的話，我不是很懂……」

「妳每次坐在書桌前用功，是不是努力想保持冷靜？因爲妳壓抑自己原有的豐富感動，想當個冷靜理智的人。但這是錯的。讀課本的時候，應該保持原本的妳。對課本裡所有內容都應該感動。比方說：這條公式好棒啊～原來是這個道理啊～想出來的人太強啦～什麼都可以感動。妳要順從自己的情緒，就像剛才看的那本書一樣。」

「邊看課本邊感動是嗎？」

「沒錯。不要想得太難，只要順著妳豐富的情感就好。感動不是只有落淚而已，它是一種強烈的情緒，不限喜怒哀樂。」

「可是……看課本不會只有好玩的地方，想記應該也記不住吧？」

「妳說的沒錯。但要記得一件事，記憶總伴隨著感動。還有，當妳忘記四成的時候，就回頭學習同一個段落。」

「四成？」

「我學過艾賓豪斯的『遺忘曲線』，也讀過很多記憶相關書籍，實際練習之後才學會了這個方法。不過，大道理就省省吧。只要妳記住五個，發現忘掉兩個，就複習。知道嗎？五個忘兩個喔。」

「唔……」莉子發出煩惱的呻吟。「之前爲了準備徵才筆試，有買歷史書來看……但別說五個忘兩個，我連一個也記不起來啊。」

「要回想味道啊。」

莉子一臉傻乎乎的樣子。「味道？」

「當妳想像歷史書上的各種情境，就一併想像當時環境的味道，這樣會更容易感動。當然，這也是從報紙上現學現賣啦，味道與情緒在身體構造或功能上有密切的關連。聽說大腦中掌管嗅覺的『嗅腦』，和掌管情緒的『情緒腦』重疊。嗅腦可以促進情緒腦的發展。只要想像味道，就會刺激情緒，與味道有關的所有事情都會更加印象深刻。妳鼻子靈嗎？」

「平時應該算靈吧……不過沒有狗那樣靈就是了。」

「通常女性的嗅覺比男性強，所以對情緒訊號也比較敏感。這招一定很適合妳。無論妳想像的味道是好聞或難聞，總之想像就對了。」

這些可不是鬼扯淡，而是瀨戶內在漫長的經營人生中，以知識與實踐堆積、淬煉而成的理論。

瀨戶內心想：我到現在依然記得主日學校的牧師說過什麼。身邊大人們聽演說的反應、教堂裡的香氣，如今依然印象深刻。

在他三十幾歲的某一年，十二月時要做全年回顧結算表，突然感受到強烈的情緒。而在那段時間內的所見所聞，全都記得一清二楚。而這些記憶，也一定都包含氣味的回憶。有好多次都因爲氣味，讓他想起各種情景。

如今事業快速發展，他卻能輕鬆記住大量商品採購單，都要歸功於結合情緒與記憶。這是體會與實踐的成果。

凜田莉子也有一樣的能力。不，她或許有更加深不可測的天賦。因爲她的感性遠比我高得多。

莉子的眼神透出堅定。「我知道了，那就試試看。不過，課本上要記的東西很多吧？人名、物名，數不清啊。」

「分成三組來記吧。根據腦前葉處理資訊的方式來看，分三組是最好的。無論要記什麼，首先都分三組。然後每一組再分三組，分完再分三組，依此類推。像歷史地理這些東西，妳要怎麼分三組就自己決定吧。總之，只要分好三段架構，回憶就會更輕鬆了。」

大約半晌，莉子乖乖地閉著嘴，試圖理解這些高深的內容。但隨即一臉開朗，笑著點頭。「謝謝你。我好像產生鬥志了。」

妳眞的行嗎？瀨戶內不禁擔心起來。不對，她切換想法如此快速，肯定是正面個性的表徵。她基本上應該是個聰明的女孩。一定會開花結果。

莉子起身。「那，我現在就回去試試看吧。」

「收購呢？」

「啊，對喔……我忘記了。」

瀨戶內看莉子一臉不好意思的樣子，忍不住笑了出來。她只要集中一件事，其他都不放在眼裡。沒想到現在就把來此的目的給忘了。

「我看看，」莉子準備打開旅行箱。「裡面有一半是舊衣服……不過我有洗過、燙過啦……」

「不用開啦。妳等等。」

瀨戶內起身，走向其中一座書櫃，抽出最邊邊的檔案夾。

他總是把私房錢藏在這裡。

瀨戶內拿出裝有五萬日圓的信封，交給莉子。

「這是獎學金。」瀨戶內說道：「妳就拿去吧。」

「咦?!還是先看看要收購的東西比較好吧……」

「商品鑑定是以後的事啦！就先放我這裡當擔保吧。對了，這些也一起拿去吧。」

瀨戶內從辦公室角落堆滿灰塵的舊書之中，翻出高中生用的參考書與題庫。日本史、世界史、地理、生物、化學、古文、近代國文。雖然科目有點偏文科，但這樣應該可以吧？

瀨戶內對莉子說道：「從今天開始，妳每天都要看新聞喔！這也算是累積社會經驗。然後，有時間再看這些參考書就好，這對妳求職考試有幫助，面試的談話內容也會有所改變吧。等妳念到一個程度，無論有沒有找到工作，都再回來一次。只要學習成果達到一定水準，我就高價買下妳的東西。」

莉子的表情先是驚訝，一雙大眼睛隨即充滿了喜悅的淚光。

「瀨戶內先生，眞的是太謝謝你了……」

「好了，妳快點回去吧。聽妳剛剛的話，房租還是快點繳清的好。」

「差點就忘了。瀨戶內先生，您的大恩大德，我永生難忘。我不久後一定會回來的。」

「多保重啊。」瀨戶內開了門，目送莉子離開。

門外就是店內成排的貨架。莉子邊走邊回頭道謝，最後消失在店門外。

緊接著，楓就走進來了。楓嘆了口氣說：「你不是答應我，不做不賺錢的事嗎？」

「收購等下次啊。我又沒開收銀機。」

「我早就發現你那五萬日圓的私房錢了。」

「被抓到啦。」瀨戶內苦笑道。「我就是想幫她一點忙呀。」

「又來了。光今天一天，你知道就便宜了多少個客人嗎？只出不入，虧大了！而且買下來的東西都是垃圾，又賣不了幾個錢。」

「沒關係啦，從其他地方賺就好了。如果還是賺不回來，我就自己減薪。啊，別擔心，楓的薪水一毛也不會扣啦。看我使出大拍賣絕招，這個月就把虧損補回來。」

「又在嘴硬了。」楓促狹地笑著說。「該不會是因爲剛才那個凜田莉子很漂亮，你才這麼大方吧？想找第二春，這嫩草未免太嫩囉～」

「別說蠢話啦。」瀨戶內猛抓頭。「她可是爲了故鄉離島，糊里糊塗地進城來。身爲社會人士，多少幫她指點迷津不是很好嗎？」

我不知道今天對凜田莉子說的話，能發揮多少助益。她的能力深不可測。如果她能走上正軌，開拓光明的未來，五萬日圓實在不算什麼。

雖然我當不成牧師，但希望一輩子都是個好人。相信年輕人的潛力，有必要就伸出援手吧！這是我一介小小二手商店老闆，所能提供的最大貢獻了。

未來

（一週後）

春天下午的陽光異常凶猛，簡直就像酷暑一般。

小笠原悠斗鬆開了領帶，拖著沉重的腳步向前走。口乾舌燥，身體疲憊，頭暈眼花。簡直就像獨自迷失在沙漠裡一樣。

他腳步一晃，就要倒了下來，不經意伸手扶住一旁的電線桿。一看，上面有好多小小的相撲力士臉。

力士貼紙啊。好久沒看到了。

心頭突然湧起一股懷舊之情。力士貼紙讓他遇見了號稱萬能鑑定士Q的凜田莉子。已經過了幾天來著？仔細想想，不過是一星期之前的事情。但感覺有如好久好久以前的回憶。

或許是因為社會變動太激烈了吧。沒錯，那確實就像上一個時代的事情了。歷史的轉捩點驟然來訪。

當今的日本，已經不是數天前的日本。經濟大國的神話粉碎了。長久以來的和平也崩潰了。

力士貼紙之謎。現在誰還管這種小事？眞懷念自己追著貼紙跑的時光。那代表社會當初就是這樣和平無憂。

可是現在不同。以往的秩序已不復見。該怎麼稱呼新的社會趨勢呢？虛無主義嗎？還是無政府主義呢？管他的，媒體早就沒有力量了。媒體負責將批評轉爲語言，如今則毫無意義。

《週刊角川》暫時停刊，實際上應該是永久停刊吧。自己或許再也不會走進那棟公司大樓了。就制度上來說，員工根本沒有上班的義務。在這秩序崩潰的社會裡，就算領了薪水也毫無意義。

支撐資本主義社會萬象的系統消失了。如今，日本成了眞正的無法地帶。

路邊傳來一陣巨響，是警鈴。小笠原走在國道旁的人行道上，聽見中年男子的喊叫聲：

「搶劫啊！快幫我抓人啊！」

一陣玻璃碎裂聲，超商店門口飛出無數的透明碎片，頭戴鴨舌帽的男子衝出店門，揮舞著手中的球棒，行人們無不驚呼閃避。即使老闆死命大喊，也沒有人出手阻止搶劫犯。

小笠原也是旁觀者之一。他很了解搶匪的苦處。拚命奔逃的搶匪，手裡拽著的是便當、速食麵與罐裝咖啡，想必是遲來的午餐吧。雖然於法不容，但值得同情。因爲他也餓了，頭暈眼花應該不只是天氣熱的緣故。

老闆為了追搶匪而跑到路上，卻立刻回到店裡。或許是擔心其他顧客趁火打劫吧。

此時，傳來一陣警車鳴笛聲，但距離相當遠。剛才的搶匪應該很難抓到吧。民眾幾乎隨時都在報警，但聽說一一〇很難打通。因為管區警察的通訊指揮室經常停電，警察的值班率也明顯降低。

車站前的商店擠滿人群，完全不把搶劫當一回事。因為店員正忙著應付顧客，尤其是回應老年人的問題。

激烈的對罵，甚至爆發肢體衝突。日本人就算經歷大地震，也還會在收銀機前排隊，看來這次真的是氣炸了。

小笠原知道，這也是在所難免。因為速食店門口貼的告示，就已經說明了情況。告示上寫著：起司堡套餐，一客三萬兩千日圓。照燒豬肉堡套餐，五萬五千日圓。未攜帶現金的顧客請勿進入點餐。

路上往來車輛極少，幾乎都是救急車輛。偶爾會看到高級房車，應該是超級有錢人開的吧。而且駕駛者膽子超大，誰知道這麼招搖何時會被搶？

車站前的圓環坐滿了人群，或許是肚子餓吧。他們不是遊民，而是儀容整齊、幾天前還正常生活的社會人士，如今卻手足無措，垂頭喪氣。

計程車成了裝飾品。三角窗上的起跳金額，貼了好幾層更改數字的膠帶。起跳四萬五千日圓，當然沒人會搭。司機似乎也怕被搶，車子鎖上就不知去向。好幾輛計程車的擋風玻璃都被砸爛，但依然停在圓環邊，似乎連報案都懶了。

有些人已經顧不得形象，開始翻起垃圾桶。隔壁有人在路邊擺起雜誌攤，雜誌應該是撿來的。本週發行的《週刊少年Jump》看來破破爛爛，卻標價六萬日圓。攤販老闆忙著跟想搶雜誌的客人起口角。小笠原聽到有人大喊：「你這黑心商人！」

小笠原與身旁眾人一樣視若無睹。反正他已經不是雜誌記者，誰要把雜誌當商品賣，都不關他的事。

走進車站，來到售票口前，是一片更加敗壞的光景。

JR車站運費尚未漲價，搭車人數異常地多。但地板無人清掃，到處都是垃圾，簡直就像印度的街景。

ATM前面也是大排長龍。正在操作的男人怒吼著：「為什麼現在一次還是只能領二十萬？這樣只能買三個便當啊！」

車站另一側出口有身穿迷彩服的自衛隊員，以及大型水槽車。應該是飲水配給車吧。自衛隊員正高聲大喊：「今日配額已經供應完畢！下次配給從明天下午一點開始！」

一個看似主婦的女人提著空水桶，死纏自衛官不放：「我從早上排到現在啊！」其他民眾也快速聚集，跟著主婦起鬨。自衛官趕緊集合起來，試圖平息騷動。

放眼望去，只有一片你爭我奪。看不見任何秩序。

不對，其實地球上到處都有這樣的光景，只是我們以為在日本看不到。沒別的原因。仔細想想，既然我們與那些貧窮國家同住在一顆行星上，當然隨時都有可能加入他們的行列。沒有任何人可以保證，日本人就該永遠富足美滿。既然有錢人可以在一夜之間破產，富國當然也可能快速沒落。

日本正是如此。如今的日本沒有治安也沒有秩序，成了亞洲的極貧國家。

一條手帕飄落小笠原的腳邊，是條有著鮮豔刺繡的絲質手帕。他蹲下身來，拿起手帕。手帕應該是進口名牌貨。圖案有點眼熟，但卻不知道是什麼牌子。是愛馬仕？Vivian Westwood？還是Ralph Lauren？

凜田莉子肯定一眼就能看出來。她如果在這裡，會給手帕估多少價錢呢？想問，也問不著，萬能鑑定士Q的店面，鐵門深鎖。她應該回故鄉波照間島了吧。她那雙充滿魅力的大眼睛，現在正看著什麼？又思考著什麼？

我只知道一件事，這些都過去了。遙不可及的回憶。永遠不會重演的歷史事件……

突然一陣強風吹來，從小笠原手中奪去那條手帕。手帕隨著數不清的紙屑飄進車站中，消失在雜亂的踐踏之下。

枕頭朝北

（五年前）

十八歲的凜田莉子，今年春天還是沖繩的高中生，但似乎在學校什麼也沒學到。但今年以內，她應該就能趕上所有落後的進度了。

便宜貨老闆瀨戶內陸，在總店辦公室爲莉子進行第二次面談的過程中，深有此感。

莉子身穿白色洋裝配棕色羊毛衫，看起來比之前更成熟老練，像個都市人。所謂相由心生。她這次要來展現自己獲得的新知，與上次相比簡直是大放異采。

莉子回答了瀨戶內提出的歷史問題。她站在牆邊，滔滔不絕地講述瑪莉．安東尼的生平。「於是她隨著路易十六世即位，成爲法國皇后。當年是一七七四年。後來，她開始簡化凡爾賽宮的傳統儀式，以及繁複的習慣。以往任何人都不能直接將物品交到皇后手上，但路易十六即位之後就可以。另外，像早朝謁見的複雜禮儀，也都由她大幅簡化。皇后曾經……」

她的語氣依然情緒豐沛，有如上次面談描述自己進城的過程與近況一般，字字句句都充滿感情，可見所有知識都結合了情緒。講述皇后婚姻生活時，一臉開心。說到巴黎市民大肆詆毀皇后時，表情複雜。莉子肯定是從參考書中找到了樂趣。如今，她擺脫了學習的沉重壓力，學會如何使用自由的情緒來吸收知識。

瀨戶內感到驚爲天人。距離上次面談不過一個月，而且只靠「用情緒來記憶」的小小提示，她便脫胎換骨。她的大腦有如海綿，正吸收著一切知識。

莉子總算要對瑪莉・安東尼的生平做收尾了。「她死後的遺體，與丈夫路易十六世一起葬在瑪德蓮教堂。隨著光陰流逝，歷史還她清白。所以，在二十二年之後改葬至聖丹尼斯大教堂。根據歷史記載，這是拿破崙一世的命令。」

莉子沉默了半晌，露出些許僵硬的微笑，低聲說道：

「我說完了。」

瀨戶內拍起手來。

「太棒了！」瀨戶內誠懇地說。「那樣艱深的歷史專書，對妳來說就像有趣的故事書一樣。眞是了不起。」

「謝謝。」莉子誠惶誠恐地點頭致意。「多虧瀨戶內先生的指導。」

看來，她的個性隨著智慧增長而收斂了一點，比以前要成熟得多。

不過，她的學習方法還有很多問題。瀨戶內說：「我想問另一個問題，這比剛才要簡單多了。首都圈內一都六縣，妳能不能說來聽聽？」

莉子突然手足無措，支支吾吾起來。「呃……那個……東京都，對吧？然後是橫濱縣……」

「神奈川啦。」瀨戶內嘆了口氣。「我應該有給妳地理參考書吧？」

「對不起……我是都有看完，但是記不起來……」

「最近有哪些新聞？」

「颶風『卡崔納』登陸佛羅里達。羅馬教宗若望保祿二世駕崩，新教宗本篤十六世繼位。麥可．傑克森訴訟獲判無罪，還有……」

「停，這樣就好。我再問妳生物參考書上的問題，卡爾．林奈發明的分類層級，妳能從中舉五個出來嗎？」

莉子一臉苦惱，大眼睛左顧右盼，絞盡腦汁，最後細聲說道：「對不起……」

「不用道歉，這是理所當然的。我告訴過妳，在記憶的時候要加入喜怒哀樂。歷史和電視新聞是有故事性的知識，對妳來說不成問題。問題是有些名詞符號，妳必須無條件地背起來。聽好，這時候妳就把這些東西，搭配身體某個部位來記。比方說五個層級，就可以對應五根手指。剛才的答案假設是界、綱、目、屬、種好了。那就把界對應大拇指，綱對應食指，其他依此類推。這樣一來，只要看到手指就會想起答案。」

莉子一臉嚴肅地說：「是這樣嗎……沒有搭配口訣，光對應身體就有用嗎？」

「當然有用。大腦的海馬體裡面有種『位置神經元』。位置神經元正如其名，負責記憶位置。位置記憶對動物來說很重要，所以比較容易轉爲長期記憶。就算不想口訣，只要搭配位置來記憶，就能加深印象。」

「哦，是這樣啊……」

「我都用位置來記憶貨架上的商品，這可是親身經歷啊。妳現在對地理頭大，但只要用上大腦的位置神經元，背地圖絕對沒問題。妳還可以想像當地居民的情緒，來加深記憶啊。只要碰到跟地點位置無關的記憶事項，隨便找個位置來對應就好。」

莉子閉上了眼睛，似乎正在記憶剛才的指導內容。然後張開雙眼，微笑說道：「我回去試試看。」

「就是這股氣勢。話說，妳還沒找到工作嗎？」

「是啊……職缺愈來愈少了。」

「別急，慢慢來就好。晚上睡得好嗎？念書太累會適得其反喔。」

「可能沒有睡得很熟，因爲公寓房間很小，頭又朝著門口脫鞋的地方……走廊一有腳步聲，我就會被吵醒。」

「那換個方向睡不就好了？」

「這樣枕頭會朝北啦。」

瀨戶內拍了一下大腿。「那更該掉頭了！」

「咦？要朝北睡嗎？」

「沒錯。只要頭朝北，大腦就更容易吸收地球磁場。聽說這樣睡會更聰明，也更好睡喔。」

「這是真的嗎？」

「誰知道？這是以前補習班老師告訴我的。當時我拚命準備考試，什麼偏方都不肯放過。話說，妳帶來的這些東西……」

莉子突然露出緊張的神情。「呃……怎麼樣？可以賣多少？」

「旅行箱一萬，舊衣服兩萬，雜物三萬。總共六萬日圓，跟妳收購下來吧。」

「真的?!」莉子喜形於色。「耶～！啊，可是用這麼高價跟我買，真的好嗎？」

「別擔心。這些東西的個別價值是不怎麼樣，但是加個主題就很迷人啦。旅行箱可以跟我這裡的旅行商品組合推銷。沖繩的T恤跟小東西可以放在沖繩專區。大致打平啦。」

「可是，賺不到錢不是很糟嗎？」

「這也是高價收購活動的一環啊。我就喜歡這樣做，妳也別煩惱了。不過，高價收購的東西也得用更高價賣出，不太好賣就是了。」

「瀨戶內先生爲我做這麼多，眞是太不好意思了……」

「所有來找我高價收購面談的客人，我都一視同仁啦。總之，妳好好加油，早日找到好工作啊。我會祝妳好運的。」

「是！瀨戶內先生，眞的感激不盡！」

「上次先給了妳五萬，我看看……」瀨戶內打開收銀機，抽出一張一萬日圓鈔票，交給莉子。

莉子收下一萬日圓，深深地鞠躬，看起來快要喜極而泣了。她擦擦自己的眼角，離開辦公室時仍不停道謝。

瀨戶內目送莉子離去，忍不住露出開心的表情。

看著年輕人成長茁壯，心情眞好。畢竟她可是聽了我的建議，才發揮這樣的學習效果。想必要不了多久，就會找到好工作了。

雖然這次收購又太大方了點，但我不後悔。她的人生才正要開始。希望她能吸收廣泛的知識，同時保有原本的純眞。無論她進入哪個領域工作，肯定都是一流的人才。

當晚，莉子換了枕頭的方位。不再朝向門口，而是剛好相反。

枕頭朝北啊……莉子邊鋪棉被邊想，奶奶知道了，可能會臭著臉說：「不吉利！」但如果老闆說的沒錯，這樣或許會更聰明一點。就算沒有變聰明，好睡一點也是賺到。

莉子躺了下來，將右手掌伸到眼前，看著五支手指。

林奈發明的五個層級，從大拇指開始，界、綱、目、屬、種。

哇～眞的記起來了呢。莉子莫名感動。

搭配位置來記名稱啊……感覺好像有搞頭。明天開始，就拿地圖來試試看吧。或許至少能記住都道府縣這些大行政區。

莉子右手一鬆，攤在地鋪上。

明天要去澀谷區的手機通訊行面試。就早上七點起床吧。

手機……說到這個，好久都沒跟老家連絡了。爸爸、媽媽、奶奶，大家都還好嗎？

或許是累了，閉上眼睛，似乎就開始做夢。眼前浮現波照間島北岸那湛藍清澈的海洋。海風輕撫臉龐，渡輪的汽笛在遠方嘹亮……

枕頭朝北，安眠效果似乎一級棒。莉子深有所感，立刻就睡著了。在朦朧之中，她天眞地相信，明天一定會有好事發生。

手繪

（現在）

小笠原悠斗心情大好。

他遇見萬能鑑定士Q的女性負責人凜田莉子，不過是一個小時之前的事。能夠與這樣的大美女，一同在春暖花開的午後時光漫步東京，自然心花怒放。如果沒搬那塊波浪板去找她，就沒有現在的際遇了。

由於莉子希望實際看看力士貼紙的張貼處，所以親自外出。每發現一個張貼力士貼紙的地方，就停下腳步觀察片刻。

目前莉子來到飯田橋站東門的鐵橋下，抬頭看著鋼柱。

「這裡也有。」莉子說道。「直五橫六，三十張啊……每張表情都不太一樣。有些臉孔左右對稱，有些又不是。」

小笠原傻傻地看著莉子的側臉。

看來，她不僅有豐富的藝術知識，還有不錯的審美觀，品味也很獨到。*我在店裡就覺得*

她一身紫色系的裝扮，與那冷酷又有個性的五官，纖細的身形，實在搭到極點。就像正在欣賞一幅街角美人的畫作一樣。無論背景是什麼，配上她都成了藝術。我想，只要她出現在任何場合，都沒有人能忽視她。她的氣質就是如此奪目。

莉子看了小笠原一眼。「小笠原？」

「啊，是！」小笠原立刻跑上前去。

「可以再幫我做個筆記嗎？」莉子從手提包裡拿出直尺，對比著鋼柱上的力士貼紙。「長七．五公分，寬一〇．五公分。大小跟其他地方貼的力士貼紙一模一樣。從位置來看，張貼人的身高應該在一百五十公分以上，一百七十公分以下。而且爲了避免貼紙被風吹雨打，都貼在有屋簷或有內凹的牆面上。你看，這附近的貼紙只貼在H型鋼柱的凹槽裡，對面的圓柱型路燈就沒有貼。」

「意思是說，」小笠原振筆疾書。「希望這些貼紙可以保存久一點囉？」

「至少貼貼紙的人，希望貼紙比一般惡作劇有更長的曝光時間。」莉子用食指指甲摳了摳貼紙的邊緣。「不是雙面膠帶，而是膠水，而且是不易脫落的強力膠。這跟違法傳單一樣，是先用刷子塗一大片膠水，再把貼紙貼上去。所以正確來說這不算貼紙，應該是普通的紙吧。」

「早上那個區公所的人也是累翻了，說要撕一定會變得破破爛爛。我們電費的繳費單上面有種撕過就不能黏回去的膠水，或許跟那個一樣吧。」

「完全不一樣啊。而且那種繳費單，用的不是膠水，也不是糨糊。」

「咦？是嗎？」

「那是在繳費單表面塗上一層乾燥劑微粒，形成一層凹凸層。用七十五噸的壓力壓下去，凹凸層就會互相咬合，緊緊相連。所以一旦撕開，就得用七十五噸的壓力壓下去才能復原。」

「哇……妳眞的是學富五車啊。哪所大學畢業的？」

莉子的笑容突然變得僵硬了些。「沖繩縣畢業的。」

兩人頓時陷入沉默。電車通過鐵橋，在橋下鳴起陣陣迴響。沒有別的聲音。

她是不是覺得我很沒禮貌？或許這問題太過隱私了點。

但莉子看來毫不在乎，拿出放大鏡仔細觀察力士貼紙。「看來不是耐水性的紙張，但好像有什麼保護層。從墨漬是可以判斷列印機器的種類，不過……」

小笠原猛抓頭。想吸引她注意根本就是個錯誤。我到底在幹啥？凜田莉子只是專心進行我委託的工作，我竟然從頭到尾都在摸魚！

莉子用放大鏡瞧了一段時間，然後對著小笠原說：「嗯，這是手繪的。」

「手繪？」小笠原大吃一驚。「不是印刷的嗎？」

「這是用沾水筆畫的。黑色色塊是整面塗滿墨水。上面還有鉛筆打稿的痕跡，以及橡皮擦擦過的痕跡。這張貼紙還有用修正液修過……可能是漫畫家或插畫家的手筆吧。」

「所以，有人畫了上千張的貼紙？我想想，力士貼紙確實是連續出現了好幾年，而且張貼範圍又大，但就算一天畫個十來張，少說也要五年才有這個量吧……眞有這樣莫名其妙的人嗎？難道是冷門漫畫家在打知名度？」

「問題就在這裡。」莉子又望向力士貼紙。「畫家的品味不錯，構圖也很正確，應該是有經驗的老手，不過……」

「等等，妳說這圖案品味不錯？面無表情的肥臉哪裡有品味了？」

「這份詭異、突兀是刻意營造的，也就是精心安排的視覺震撼。畫家技巧好，速度快，應該是專家。但這裡眞的很怪……」

「哪裡怪？」

「你看，這張貼紙的圖案，臉頰下面有畫橫線來表現肉感，眼角也有獨特的魚尾紋。再看看這張，眼角沒有魚尾紋，但有往上吊的長眉毛，形成印象相近的表情。而且臉頰下面沒有橫線，直接放大輪廓。」

「每張貼紙的臉都不一樣啊。手繪的話，理所當然吧。」

「話是沒錯，但我剛說的，是表現手法不同。這裡貼的力士貼紙，跟其他所有地方貼的力士貼紙，大致上有兩種畫法。而且畫具也不相同。這裡的是G筆尖（注：沾水筆所使用的筆尖之一），這裡用的是圓筆尖。」

「這是什麼意思？」

「這只是我的直覺，我認為畫家有兩個。」

「兩個……」小笠原嚥了口口水。「所以力士貼紙是團隊生產的嗎？」

「有點不太一樣……假設現在力士貼紙有一百張，兩個畫家應該各畫了五十張。雖然有共通的表現手法，但使用的技巧明顯不同。不知道是誰先畫，然後另一個人開始模仿。當然，這只是推測啦……」

「啊，我知道，之前有人推測過模仿犯的可能性。畢竟數量突然有爆炸性的成長。可能一開始貼力士貼紙的人早就不幹了，但後來又有人繼承他的事業。不過，現在只有創始人跟模仿犯兩個人嗎？」

「從圖樣來看，應該是這樣沒錯。問題是誰模仿誰啊。」

「是啊。只要知道這點，就更清楚力士貼紙最早是出自何人之手了。妳能鑑定出誰在模仿嗎？」

「嗯……」莉子低吟片刻。「兩邊的技巧都很純熟，有難度……啊，對了！」

莉子從手提包裡拿出手機。

小笠原問道：「是要連絡誰嗎？」

「一個姓冰室的人。畢竟我這裡沒辦法做科學鑑定啊。」莉子說著就開始傳簡訊。

小笠原十分在意，又進一步問道：「冰室是怎樣的人來著？」

「冰室拓眞。早稻田大學理工學院物理系副教授。」

「是男的嗎？」

「沒有女人會取名叫拓眞吧？」

「說的也是。」小笠原笑著打哈哈，但莉子看也不看他一眼，忙著打簡訊。

原來，她有跟男人互換連絡方式啊。不對，那可能只是工作上的關係。我只要說爲了採訪保持連絡，也可以交換連絡方式。

打鐵就要趁熱。現在她拿著手機，正是時候！

小笠原從口袋裡掏出手機，在莉子傳完簡訊的瞬間說道：

「妳的手機號碼是……」

但就在他說完的前一秒，莉子已經轉過頭來。「這樣就好啦。冰室如果有在早稻田，應該馬上就會過來。我們先回店裡去吧。」

「也是……早稻田很近啊……」

小笠原失望地收起手機，跟在莉子身後。他好恨自己這麼沒種。同時也好羨慕冰室那個男人，已經是莉子的朋友了。

如果我十幾歲就認識她的話……不，不可能。十八歲的凜田莉子肯定已經是個光芒萬丈的才女，正在明星大學過著一帆風順的學習生涯。我這種貨色，她肯定看不上眼。

莉子回過頭問小笠原：「怎麼啦？」

「啊，沒事……」

小笠原冒著冷汗，跟上莉子的腳步。雖然很想集中在工作上，心思卻怎麼也離不開她。只能滿腦子胡思亂想。

十八歲的凜田莉子，究竟在何處過著怎樣的生活呢？

正職員工

（五年前）

十八歲的某個炎炎夏日，凜田莉子正在澀谷區道玄坂，遠東旅行社的研習中心裡。

當下只有莉子還穿著春裝。周圍所有女性都穿著當季的商務套裝，幸好沒有人注意莉子的服裝，因為每個人都戰戰兢兢，沒那份閒情逸致。

旅行業界似乎正嚴重缺人，連遠東旅行社都緊急招募臨時導遊。這家旅行社擅長辦球賽旅行團，由於明年德國就要舉辦ＦＩＦＡ世界盃足球賽，得趕緊培養一群合用的遊覽車車掌。

無論徵才理由為何，對於錯失春季徵才活動的人們來說，無疑是從天而降的好消息。

許多人相信自己是幸運兒，送交履歷，前來參加研習兼徵才面試，但實際上可沒這麼輕鬆。

女車掌只有五個職缺，但研習室裡卻擠了上百人。每個人幾乎都比莉子年長。應該有很多是大學畢業生吧。

看著摺疊椅上滿是正襟危坐的競爭對手，莉子心想，如果這是新進人員歡迎會，該有多好？想著想著，忍不住嘆了口氣。

不過，來東京三個月，靠著在便當店打工勉強撐到現在，總算沒有白費。莉子鬥志旺盛，信心十足。以往每到徵才面試這一關，面試官說的話聽來都像火星文。但多虧最近發憤圖強，女指導員的說明簡直易如反掌。

女指導員正在白板前唸著講義，那修長身段可比航空公司的空姐。「這位客人要在格陵蘭停留三星期，目的是觀察冰原。停留期間為了考察鋅、鐵、金、銅、煤、冰晶石、鈾、白金、鉬等礦產的採礦現場，決定在礦坑附近的迪斯科島訂房。客人希望窗外能欣賞大片的海景，並且能在藍天之下，拍到海豹和鯨魚的照片。」

四周的女性無不專心聆聽。還有不少人在做筆記。

但是，莉子心裡卻覺得不對勁。剛才女指導員所說的內容，有兩個地方令她難以接受。

這時，女指導員闔上講義說道：「本公司可以為旅客訂這家旅館的房間，也可以按照旅客要求安排考察旅行團。當然往來格陵蘭與日本之間的航程也不是問題。但是本公司負責人聽了這位旅客的需求，認為無法成行。請問各位知道原因何在嗎？」

室內鴉雀無聲。女指導員放眼望去，還有人故意低頭。

女指導員微笑著嘆了口氣：「想成為本公司的導遊，必須具備可以立即回答這種問題的知識。請各位銘記在心。那麼我來說明，剛才這位旅客的要求，問題在於……」

莉子突然舉起手來。「有！」

室內所有人都看著她。就連坐前排的人都回過頭來，臉上淨是訝異。

莉子被眾人行注目禮，不由得膽怯起來。

我是不是做錯什麼了？八重山高中的老師都說，知道問題答案要舉手大聲說「有」啊。

一片寂靜之中，女指導員注視著莉子。「妳叫什麼名字？」

「凜，」莉子緊張到連聲音都在抖，但依然努力保持微笑。「凜田莉子。」

「嗯，凜田小姐，妳知道問題在哪裡嗎？」

「是的……迪斯科島在北緯七十度以北的北極圈內，夏天永晝，冬天永夜。所以很遺憾，不可能在藍天下拍到海豹跟鯨魚。」

女指導員神色驟變。

室內一片譁然，所有人都目瞪口呆地看著莉子。

女指導員又以淡然的表情問道：「就只有這個問題嗎？」

「不，還有。」莉子回答。「格陵蘭最北端的空氣非常乾燥，不會降雪，所以地面也不會有冰，不可能觀察冰原。」

「眞有趣。」女指導員認眞地嘀咕了一聲，又說：「如果妳是本公司的連絡窗口，會如何向旅客說明呢？」

「呃……我建議您將北極改爲南極，如果停留在澳洲大陸南端，就能搭船考察南極大陸的冰原。」

女指導員轉過身，走近白板旁邊的世界地圖。

她指著麥卡托投影式的世界地圖，問莉子說：「那麼，假設凜田小姐給旅客看這幅地圖，推薦旅客去澳洲，但旅客面有難色，因爲從地圖看來澳洲既窄又小，還是格陵蘭的浩瀚風景好看，妳會怎麼說？」

「光看這張地圖，格陵蘭的面積比較大，但實際上格陵蘭的面積還不到澳洲大陸的三分之一。麥卡托投影法所畫出來的地圖，愈靠近極地，面積看來愈大。客人您可能只是看地圖，產生格陵蘭比較大的錯覺。讓我提供您面積比例相等的世界地圖來做說明。」

「非常好！」女指導員高呼一聲，眾人立刻鼓譟起來。

莉子總算鬆了口氣。

我覺得奇怪的地方，果然就是正確答案啊。

女指導員在一陣鼓譟之中問道：「妳看起來很年輕，但該不會是老手吧？從哪裡跳槽來的？」

「不……我是從旅行手冊上看的。」

「眞的?」

「是的。因爲徵人啓事上面有寫，要盡量多看跟旅遊有關的書。」

「哦~」女指導員眼睛一亮。「那，凜田小姐再回答我一題吧。歐洲旅行團有好幾位旅客一起抱怨飲食。他們去了日本料理餐廳，卻說難吃到不行。那家餐廳的主廚是日本人，在日本也曾經是位知名的優秀廚師。請問顧客不滿的原因是什麼?」

「是水。」莉子立刻回答。「歐洲水是硬水，鈣與鎂的含量比較高。英國水的硬度比較低，但礦物質含量高。所以歐洲菜通常使用蔬菜本身的水分，或是加葡萄酒、牛奶之類的來變調。燉肉湯就是用牛肉、雞肉、豬肉中所含的膠原蛋白，來去除礦物質。這位廚師就是維持日本時期的做法，直接使用當地的水，口味才會改變。」

「標準答案!」女指導員似乎開始亢奮。「看來妳不只是學識淵博，應用能力也很強。不知道記憶力如何呢?啊，對了，泰國首都，一般都稱爲曼谷，正式名稱是什麼?」

莉子大大地吸了口氣，然後一鼓作氣地說了出來：「天使之城，宏偉之城，永垂不朽的綠寶石，堅不可摧的因陀羅城，天神授予九個寶石的宏偉皇城，喜樂之城，宛如指揮轉世神之天宮的巍峨皇宮，因陀羅所授予、毗濕奴所建造之城。」

語畢，一片歡聲雷動，幾乎撼動整座大樓。室內所有人都拍手叫好。女指導員一臉難以置信的表情，邊搖頭邊鼓掌。

竟然會有這種事！莉子情緒激昂，不能自己。除了打工時間之外每天都閒到發慌，但又必須節儉度日，所以有時間就窩圖書館看書。用便宜貨老闆指點的學習方法，莉子發現學起來快多了，只是沒想到能讓這麼多人驚訝。

說不定這次眞的有譜了？朝思暮想的正職員工……

女指導員的聲音因興奮而高了八度：「最後，就只剩當地的行程管理能力囉！我想這麼簡單，問了也是白問啦。凜田小姐，假設現在尼羅河上有數艘渡輪往來渡河。所有渡輪往返的前進速度都一樣，而且每十分鐘就會與一艘渡輪交會。請問每小時會有幾艘渡輪到對岸？」

突然，莉子覺得時間凍結了。

這時候最好的形容詞，就是腦袋一片空白。她說不出話，甚至發不出聲音。

不，實際上她能想像當地的風景。蜿蜒在沙漠之中的雄偉大河，數不清的船隻來來往往。在河岸待命的駱駝，船上滿滿的觀光客，都歷歷在目。

但是，她對數字卻一點概念也沒有。她剛剛說了什麼？十分鐘還是一小時來著？一小時會有幾艘靠岸？這種事情誰會知道呢？

或許她內心的疑惑不自覺地寫在了臉上，女指導員一臉失望。「有誰知道答案嗎？」

結果，幾乎所有女學員們都齊聲說道：三艘。

「沒錯，就是三艘。」女指導員點點頭。

她們是怎麼找出答案的？莉子大受打擊。果然大家都是大學畢業生，才能輕易回答莉子解不出的難題。

女指導員的表情，彷彿不敢相信這麼簡單的問題也答不出來。她說：「不用我多說，行程管理也是導遊的重要任務之一。必須有數學的應用能力，才能正確掌握時間。那麼，凜田小姐。」

「啊……是。」

「眞可惜。不過妳的知識確實很淵博喔。」

莉子感覺胸口被開了一槍。

女指導員的這句話，就是不錄取通知。結果還沒面試就中箭落馬了。

琥珀

夏日午後的蟬鳴聲依舊刺耳。瀨戶內陸正用酒精擦著古風小桌。

「便宜貨」總店大樓的三樓後方，有個凸出的陽台。在這裡用酒精味道不會太重，而且陽光直射，擦了很快就乾。

這裡的老闆可沒資格坐搖椅享福。員工們在賣場裡打拚，老闆要負責修繕庫存。「便宜貨」算是挺大的二手商店，但在企業界依然只是中小規模。人事費用能省則省。爲了服務顧客，這些小事一點不麻煩。因爲剛創業的時候，什麼都是自己來呢。

雖然動作單調，但其實挺有趣的。可以聽到小朋友在巷子裡玩樂的聲音。幾個小學低年級的小男生小女生，正在玩文字接龍呢。小女生說：圓木（まるた），小男生接：狸貓（たぬき）。

瀨戶內往下面瞄了一眼，兩個剛放學的小朋友，把書包放在巷子裡，停下腳步玩文字接龍。之前也看過這光景，輸的人好像要幫贏的人背書包。

眞是天下太平啊。在少子化的城市角落裡聽見兒童的聲音，對瀨戶內來說就像人中抹上了綠油精。

我看，今天是誰會贏呢？瀨戶內豎著耳朵工作。

小女生說：小黃瓜（きゅうり）。小男生接：緞帶（りぼん）。

「喔！你說『嗯』了！（注：日本文字接龍只要字尾出現「ん」就算輸。因爲日文沒有「ん」開頭的字詞）」小女生歡呼。「小佑輸了！」

今天是小男生輸啦。

瀨戶內才這麼想，巷子裡突然傳出熟悉的年輕女孩嗓音：「還沒輸喔。恩展畢（Nzambi）」。

瀨戶內覺得奇怪，往巷子裡看去。

凜田莉子不知何時來到這裡，還是穿著春裝。也就是說，她還在找工作。

莉子笑著對兩個小朋友說：「恩展畢，是非洲南部安哥拉國內，巴剛果族人信仰的萬能神。也是『殭屍』的由來喔。」

瀨戶內下巴都要掉下來了。怎麼會對小孩提殭屍呢……

小朋友們嚇得表情僵硬，倒退兩步。

但莉子似乎不知道察言觀色，又對小男生說：「來，說說看：恩展畢。」

小男生無可奈何，小聲跟著說了一次「恩展畢」。小女生應該覺得非常不舒服吧，拔腿就逃。小男生也急忙跟上，不見蹤影。

莉子嚇了一跳，大叫：「啊！等一下……」

瀨戶內忍不住苦笑一聲，對著下面巷子大喊：「凜田小妹！」

莉子抬頭一看，困惑表情立刻轉爲笑逐顏開。「瀨戶內先生！好久不見了！」

「是啊，應該三個月沒見了吧。我說，念書念到成了萬事通沒什麼不好，但是突然對小朋友說什麼恩展畢就糟糕啦。聽起來怪不舒服的。」

「蛤～是喔～」莉子傻乎乎地說，表情隨即又陰鬱了起來。「不過，或許是吧。光記住很多事情，還是沒辦法當社會人啊。」

「怎麼啦？難得看妳這樣落寞。先進來坐坐吧。從辦公室後面的樓梯上來就好。」

莉子點點頭，走進店內。

瀨戶內將小桌翻過來，擦拭背面。雖然雙手很忙，一顆心仍關注著凜田莉子。他擔心地想著：看來徵才考試又搞砸了吧。

或許她天生就有過人的才氣，但不知道如何運用，過猶不及。不過，她最近才剛開始眞正念書，也急不得。能讓學識更淵博就不錯了。

莉子穿過落地窗，走上陽台。「你好……」

「今天怎麼了？有帶什麼東西嗎？」

「沒有，能賣的都賣光了……」

「是喔，看來求職也不太順利啊。」

莉子笑得有些寂寥。「我去旅行社應徵，結果失敗了。」

「這就怪了，妳不是讀了很多書嗎？應該記得不少知識吧。」

「是更基本的問題……我不會算數，數學完全沒轍。」

原來如此。光看書不會強化計算能力啊。

瀨戶內問道：「28乘35是多少？」

「這個……」莉子一臉困惑地反問：「請問可以用紙筆嗎？」

「不行，要用心算。」

「可是我又沒學過珠算……」

「以乘法來說，是不需要學珠算的。凜田，妳不可以依賴筆算，要學技巧。剛才的答案是980。」

「什麼技巧？」

「像我們做生意的，都會學到一些實用的算術技巧。像28乘35，是偶數乘上5的倍數，所以要先從偶數裡抽出2來乘。28是14的兩倍，所以35乘2等於70，70再乘上14就可以心算了吧？答案就是980。」

莉子沉思了半晌，然後傻傻地點頭。「啊，原來是這樣喔……」

「再來一題。25乘32是？」

「呃……16乘以50，所以是800。」

「妳看，算出來了。之前二位數相乘，應該要花妳更多時間吧。」

莉子再次露出了笑容。「真的是呢。」

「862乘5呢？」

「52得10，進一位，65得……」

「不對啦。聽好，5是10的一半，10除以2等於5。所以乘以5，只要除以2再加個0就好。」

「4310！」

「是不是一下就算出來了？要用技巧的。既然妳已經有了記憶力，多背幾條算法就好。」

「我真的行嗎？而且，這些算法應該去哪裡學呢？」

「我教妳啊。大家常說一個人數學好，其實就是他學會這種實用的數學技巧而已。我開公司這麼久了，當然學了不少妙招啊。」

此時傳來腳步聲，老闆的女兒瀨戶內楓從拉門裡探出頭來。「爸……老闆。啊，凜田妳也來啦？午安喔。」

「午安。」莉子望向楓手上的東西。「哇！好漂亮喔……」

瀨戶內陸看到楓手上的東西，似乎是條項鍊。琺瑯十字架，上面鑲著像是琥珀的寶石。

楓把項鍊交給瀨戶內。「這是客人希望我們收購的東西，說是波羅的海沿岸的高級貨。」

「鑑定書呢？」

「也是有啦，不過是不是屬於這東西的，就不知道了。」

「嗯……」瀨戶內盯著項鍊瞧。「看起來是個好東西……但如果琥珀是假的，就不值錢了。該怎麼辦呢？」

「我說，琥珀這東西啊，」楓說了。「如果用手帕摩擦會帶靜電，就是眞貨吧？之前都是這樣做的，但這條項鍊的琥珀被琺瑯給圍住，想摩擦也不行啊。」

「說的也是，我還聽說眞琥珀會浮在鹽水上喔。」

「不行啦，又不能從十字架上拔起來。」

「也是啦……」

該怎麼鑑定呢？還是乾脆以無法鑑定爲由，拒絕收購呢？

但客人專程拿東西來賣，還是希望能有個皆大歡喜的結果。

就在兩人想破頭的時候，莉子突然拿起了酒精瓶。

「項鍊請借我一下。」莉子對瀨戶內說，然後拿紗布頂住瓶口，用酒精沾濕。

「妳打算怎麼做？」瀨戶內將項鍊交給她。

莉子在琥珀上方用力捏緊紗布，滴下幾滴液體。然後用手指摸摸琥珀表面，抬起頭來，斬釘截鐵地說：「是眞的。」

「什麼？妳怎麼知道？」

「因爲眞的琥珀會跟酒精起反應，產生黏性。請摸摸看，是不是黏黏的？」

瀨戶內照著一做，果然指尖有點黏。「喔喔～」

莉子說了：「全球琥珀九成產自俄羅斯的加里寧格勒省，位於俄羅斯西端，也就是波羅的海沿岸。這個十字架是俄羅斯正教的款式，俄羅斯的琺瑯工藝也是享譽全球，所以鑑定書的內容可以相信。不過，琥珀不像鑽石或紅寶石有公定等級，所以價値得靠外觀來判斷就是了……」

「等，」楓連忙問道：「等一下！妳從哪學到這些事情的？」

瀨戶內也有同感。「妳什麼時候開始學起鑑定了？」

莉子搞不太清楚狀況：「在去旅行社考徵才考試之前，我看了很多旅遊手冊……俄羅斯觀光手冊的名產介紹上面有寫啊。」

原來如此，瀨戶內明白了。

如果擁有龐大的知識量，互相結合，就能評斷分析實際的問題。這都是因爲莉子過人的感性，轉換成了記憶力。但無論過程如何，她確實正在強化這項技能。

「那，」瀨戶內問莉子。「就外觀來看，妳覺得這條琥珀項鍊値多少錢？」

「我不太清楚行情，但它眞的很漂亮。無論穿著正式或休閒，一定都很好搭。」

瀨戶內有了信心，因爲莉子天生感性過人，直覺的判斷有客觀的可信度。而且從她的髮型與服裝穿搭來看，品味也相當不錯。

「凜田，妳跟我來一下。楓也跟著來。」

瀨戶內說完，從陽台走進店裡，下樓梯。

才到一樓，三十來歲的員工也剛好走到辦公室門前。這位資深店員姓秋田。

秋田說：「老闆，剛才有人一直打電話來，說是日出製網纖維的前職員。他希望我們接手庫存什麼的。」

楓立刻在後面嘆了口氣。「又是日出製網纖維？不是半年前就倒掉了嗎？聽說他們正在重整債務，想把庫存賣給二手商店換現金，想得美喔！」

「別說得那麼難聽嘛。」瀨戶內對楓苦笑一聲，然後對秋田說道。「你告訴他，庫存我全買了。」

「蛤～？」楓立刻板起臉孔。「你老是買些沒賣相的存貨，是要怎樣啦？」

「我知道妳的想法，不過日出製網纖維生意好的時候，也跟我們買了不少事務用品呀。大家互相幫忙囉。」

「又來了……我可是要管柴米油鹽的，而且大家又沒領多少薪水。秋田兄應該也不開心吧？」

秋田傷腦筋地笑了笑。「那我就打電話過去了。」

「有勞啦。」瀨戶內說。

就某方面來說，楓是對的。對經營者來說，沒有比堆著賣不出去的存貨更危險的事情。但即使如此，人們還是應該互相幫助。我無法拋下那些困苦無依的人。東西怎麼賣，之後再想就好。

瀨戶內走進辦公室，來到書櫃前。經營二手商店必須學習如何制訂收購金額，所以書架的角落堆滿了估價相關書籍。

瀨戶內對莉子說道：「妳看，這些是我們店裡的參考資料。寶石鑑定目錄，服飾鑑定手冊。家電產品目錄，進口家具清冊。畫軸，油畫，還有經典馬口鐵玩具目錄。總共大約一百本吧。」

「哇～」莉子瞠目結舌。「買賣品項好多喔。」

「妳覺得，全部看完這些，要花多久時間？」

「一天可以消化三本，三十天九十本，應該一個月又三天吧。」

「一天三本?!」換瀨戶內傻眼了。他挑出一本家具書，交給莉子。「眞的可以嗎？內容可是這樣又細又多喔？」

莉子翻開書本瀏覽了幾頁，表情依舊不變。「嗯，我想沒有問題。」

「好。妳就把這些讀過，不用太勉強，邊讀邊到我這邊上班吧。」

「咦！」莉子似乎相當震撼。「您要給我工作嗎？」

「沒錯。」瀨戶內用力點頭。

此時，楓一臉不滿地插嘴：「爸……」

瀨戶內舉起手，示意楓別多說，繼續對莉子說：「收購的關鍵在速度，看一眼就要知道商品值多少錢。這些書記載了數不清的商品，妳只要能記住其中幾成，鑑定眼光就有相當的可信度了。如此一來，就是我們這裡不可多得的人才啊。」

其實，公司現在實在很難再多聘一個員工。人事費不僅已經爆表，更是每個月的虧損主因，實在有夠頭大。

但瀨戶內心想：這樣就好。凜田莉子才正要嶄露頭角。無論將來會跳槽到哪裡，能在我手下成爲一個人才，不啻爲好事一樁。

她命中注定要有個精采人生，能爲她拉拔一把，反而該感到高興啊。

莉子的眼睛瞪到都要跳出來了，眼裡隨即就泛起淚光，然後液體表面張力撐不住重量，形成水珠自臉頰滑下。

「太感謝您了！」莉子嗚咽起來。「我可以在這裡工作了！是不是？」

糟糕，我最怕女孩子哭了。本來想再給她打個氣，但要是害她放聲大哭就不好了。

瀨戶內面帶微笑說道：「我這裡薪水不高，但總比打工兼差好。等妳找到更好的工作，隨時都可以辭職。在那之前，妳就是我們的員工啦。楓，妳說是吧？」

楓低著頭，嘆了口氣。

但瀨戶內是個明眼的爸爸。女兒其實很歡迎莉子。楓老希望能有個小學妹，而且楓也一定清楚，凜田莉子是獨一無二的，只是現在還弄不清楚，她的珍貴究竟有多少價值。

楓掏出手帕，遞給莉子。「好了，把眼淚擦一擦。凜田，以後就多多指教囉。有哪裡不懂的，盡量問吧。」

莉子哭得更慘了，一把鼻涕一把眼淚地點頭。「楓小姐……眞的太謝謝你們了。我好開心喔……」

瀨戶內心中只有一句話：好事一樁！

此時秋田回來，對瀨戶內說道：「銀行的人來了。」

快樂的時光總是過得特別快，肯定是來催債的。而且，我還得申請更多貸款呢。接下來的協商肯定是場苦戰。

但瀨戶內心中依然雀躍不已。現在才是展現經營者手腕的時候。拚一口氣，我絕不會讓公司倒閉！怎麼能讓她這樣的年輕人走投無路呢？

莉子還是哭個不停。瀨戶內留下靠在楓身邊哭泣的莉子，邁開步伐。

人生在世，隨時都在受人幫助。沒有人能獨自生存。所以我要伸出援手，正如前人曾經對我伸出援手一般。

平圖里喬

（現在）

已經過了下午一點。力士貼紙之旅告一段落，踏上歸途。

小笠原悠斗與凜田莉子一同走在櫻花飛舞的林道上。只要往神田川方向走去，萬能鑑定士Q的店面就不遠了。

路邊成排的商店充滿活力，不讓外人感到不景氣的影響。小笠原瞥見蔬菜店門口的海報：二〇九〇年北極消失。大家救救北極熊。原來是政府宣導防止地球暖化的海報。

爲什麼要貼在蔬菜店門口，令人費解。難道是因爲地球暖化，大雨大旱，會嚴重危害農業生產嗎？

莉子似乎也注意到那張不搭調的海報，看了一下。「二〇九〇年啊。那時候大家都在做什麼呢？我跟你會不會還在工作啊？」

「妳是自由業，要做到幾歲都有可能。而我就算還沒歸天，也早就退休啦。」

「說不定退休後開創事業第二春呢。」

「不可能，二〇九〇年的今天，我肯定是在某個公園裡曬太陽，看著上班族通勤吧。」

「才不會呢。」莉子笑著說。「二〇九〇年的今天不會有人通勤，因爲沒人上班呀。」

「爲什麼？難不成妳要說世界末日之類的？喜歡ＭＭＲ（注：日本版的《Ｘ檔案》）那方面的話題嗎？」

「怎麼會扯到ＭＭＲ？只是因爲星期天，大家都放假而已。」

「哇……所以二〇九〇年的今天是星期天，妳一下就算出來了？好強的數學能力啊……」

「也沒那回事。一般年份的元旦跟除夕，會落在星期裡的同一天。然後每四年閏年一次，所以星期順序每四年就移動兩天。二十八年就跑完一輪，所以八十四年後的今天一樣是星期五，往前推四年就是星期天。」

小笠原深感敬佩。「妳的數學也很強啊。」

「沒有很強啦。只是知道很多計算的竅門而已。」

可是，這就叫做數學很強啊……

凜田莉子眞是個不可思議的女人。氣勢逼人但個性低調，明明擁有數不清的知識，卻不令人厭惡。貓眼配上僵硬的笑容，其實很容易讓人以爲在嘲笑什麼，但實際看到本人，卻不會有這種負面印象。

小笠原心想：跟她在一起就是舒服。只是要跟她交朋友，似乎還太早了點……

萬能鑑定士Q的招牌映入眼簾。小笠原問道：「Q是什麼意思？」

莉子不好意思地笑笑，打起迷糊仗：「嗯～誰知道？又不是我自己想的。」

那是誰想的？她不是自己一個人開業嗎？

就在傷腦筋的時候，莉子走到店門前，自動門悄悄地打開了。

莉子神情怪異，看著小笠原。小笠原也看回去。

出門的時候應該有上鎖啊。怎麼會開了呢？

不過，莉子的疑惑瞬間就消失了，毫無防備地走進店裡。

莉子一進門就望向待客沙發。「午安啊，冰室兄。你來得眞快。」

小笠原也走了進來。沙發上坐了個三十五、六歲，身材瘦削的男人。一身破舊的西裝看來像是名牌。腳上的高級皮鞋也都快磨壞了。

男人眼光銳利，五官工整，應該很受女孩子歡迎，而且懶洋洋的態度有點討喜。男人緩緩起身，動作柔和，宛如歌舞伎裡的女形（注：相當於國劇的花旦）。

男人開口說：「剛好沒課，閒得很。那裡放的波浪板是怎麼回事？」

「要請你做科學鑑定的樣本。」莉子指著小笠原，對男人說道：「這位是小笠原先生，《週刊角川》的雜誌記者，也是這次的客戶。」

「哦～」男人的聲音聽來十分爽朗，點頭致意。「是雜誌記者啊。在調查這個怪怪的相撲力士貼紙是嗎？」

「正是。」小笠原回答。「採訪就是喜歡找些怪怪、不正常的東西。」

「說的是。我也覺得著眼點不錯。啊，我姓冰室，在大學裡……做點研究之類的吧？」

肯定是自謙之詞。莉子告訴我，冰室拓眞是早稻田大學理工學院物理系的副教授。一定做過很多困難的實驗。

而且，他還有店裡的備用鑰匙。兩個人到底是什麼關係？

但冰室似乎沒有與莉子眉來眼去的感覺，直接走近安全護欄的波浪板，仔細打量起來。

「這可是公物，可以拿走嗎？」

小笠原告訴冰室：「我向人家借到星期一。」

「原來如此。」冰室點點頭。「我的研究室週末一樣開著，沒問題。那，凜田要我查什麼？」

莉子也靠近波浪板。「能不能幫我查查每張貼紙的墨水新舊程度？就是這些圓筆尖貼紙，跟那些G筆尖貼紙的時間差。」

「看起來，兩種圖案的筆觸不同啊。」

「是呀。肯定有一邊開頭，另一邊模仿。我想知道哪邊是先畫的。」

「原來如此，那可有得查了。」冰室看著小笠原。

「這貼紙可以刮一些下來嗎？」

「可以。都是廢棄物了……」

「太好了。我盡量堅持非破壞性檢查，不過採集一些樣本，精確度會更高。那我就借去用啦。還有，外面那台手推車是？」

「那是我公司的東西。」

「可以借來用嗎？」

「喔，可以呀。」

「好極了。那，星期一就給妳結果囉，凜田。」冰室說完，搬起波浪板，小心翼翼地穿過自動門，離開了店面。

下週才有結果啊。看來今天是生不出報導了。得趕快跟總編輯請示，要求延長截稿日期才行。

小笠原望向門外，冰室將波浪板放上手推車，毫不猶豫地哼著歌，拉著手推車離開。自動門關起，玻璃上映出小笠原目瞪口呆的表情。

小笠原回頭看著莉子說：「他大搖大擺地拉著手推車耶……」

莉子一臉滿不在乎。「冰室兄就是這種人啊。只要有研究材料，都會開開心心地帶回去。」

「眞有點對不起他，手推車旁邊還印著《月刊鋼彈ACE》咧。」

「沒事啦。男人幾乎都喜歡鋼彈呀。」

我想，應該不是這個問題吧……

莉子走到辦公桌後，坐上了眞皮辦公椅。「好啦，冰室兄的鑑定結果要等到星期一，現在也沒事好做了。」

「也是，我先打個電話回公司。」小笠原掏出手機。

他從電話簿裡找出編輯部的號碼，按下通話鍵。然後一邊聽著鈴聲，一邊看向莉子。莉子從抽屜裡拿出一本口袋書，讀了起來。

電話裡傳來熟悉的粗獷嗓音：「喂，這裡是《週刊角川》編輯部。」

是總編荻野甲陽的聲音。小笠原說道：「我是小笠原，現在正在鑑定士這裡採訪，不過……」

荻野不等小笠原說完，立刻低聲插話：「那就繼續採訪吧。」

「可是，那個，鑑定結果今天似乎出不來。可以拜託你把截稿日延到星期一嗎？」

「可以，就延吧。」

小笠原瞠目結舌。惡魔荻野竟然這麼輕易就答應延後交稿？

「那個……」小笠原又說。「已經沒事做了，我可以回公司去嗎？」

「不行！」

突然一聲怒斥，嚇得小笠原全身僵硬。

電話那頭一陣沉默，似乎很後悔方才不經意地大吼。沒多久，荻野又說了：「小笠原，你公事包有帶著嗎？」

「沒有，還放在公司。」

可以聽到一聲咂舌。荻野又說了：「錢包之類的貴重物品有帶吧？」

「啊，那是當然。」

「那就不用回公司拿了吧？今天是星期五，下次上班是星期一。你在星期一之前都不用來公司了。」

「我知道了，現在就回家去。」小笠原心想，要不要跟同事打聲招呼？於是問荻野。

「可以幫我轉給宮牧嗎？」

「宮牧已經回去了。現在公司裡只有各組組長跟副組長而已。」

怎麼回事？小笠原問道：「那個……有什麼我可以幫忙的嗎？」

「我就叫你繼續採訪啦！好好工作到下班爲止！盡量訪問你的採訪對象，什麼都好！」

「明知道鑑定結果還沒出來，也要採訪嗎？」

「報導內容還得要很多資訊吧？採訪對象的小檔案什麼的，你都學到哪裡去啦？」

「了解，我繼續採訪。」

沒回應，電話直接被掛斷了。

感覺有點不對勁，但也只能照做。角川書店的組織部門本來就常常整編。跟我同梯進公司的員工，一個月只能見上一次面，工作內容不變卻換了個頭銜，是常有的事。而且現在編輯部正被《少年ACE》蠶食鯨吞，開個高層會議也不算什麼。

我只是顆任人擺布的棋子啊。小笠原一屁股坐在沙發上。

他看向莉子，她依然專心讀著口袋書。

小笠原問道：「妳的興趣是看書啊？」

「嗯……或許吧。」

「有其他興趣嗎？跟朋友聚聚，出門旅行之類的？」

「不常吧。只要有書可看，感覺就很充實了。」

「是喔……」

莉子頭也不抬，只轉動眼珠子看著小笠原。「還有什麼事嗎？」

「呃……是沒有啦，不過我被強迫要採訪到五點。雖然力士貼紙的鑑定沒進度，還是讓我請教妳一些事情吧。」

「請教我？」

「啊，我不是打算侵犯隱私什麼的……大概就像爲什麼開了這家店，還有Q的由來之類……」

「由來我也不清楚呀……啊，對了，小笠原，你知道前馬拉松選手高橋尙子，爲什麼會被叫做小Q嗎？」

「咦？哦哦，是啊，爲什麼呢……」

「是吧？我挺想知道這由來的。」

「或許尙子的尙字，很像鬼怪Q太郎（注：日本漫畫《オバケのQ太郎》）的臉吧。頭頂三根毛，有張大嘴巴這樣。」

「哦～還挺有趣的。」莉子說完，又繼續看起口袋書。

兩人陷入沉默。

剛剛是不是被轉移話題了？

我知道她有些事情不想回答，她只是在接待生意上的客人而已。她的工作是鑑定士，負責達成顧客的需求。要談她的私事，肯定不會有正面回應。

還有什麼可以問的呢？對了，問問學歷吧。她還沒告訴我呢。

「凜田小姐，妳念的大學是……」

莉子立刻微笑反問：「小笠原，你是哪間大學畢業？」

「我是立教大學。」

「哪一系？」

「社會學院，媒體社會系。」

「哇～立教大學是六大學棒球（注：東京六大學棒球聯盟）成員之一，爲什麼球隊制服上的字母是RIKKIO呢？」

「這個或許跟平圖里喬有關吧？」

「平圖里喬！」莉子突然眼睛一亮。「文藝復興時期的義大利畫家對吧！一般認爲他的風格接近佩魯賈派，但你不覺得，平圖里喬跟佩魯吉諾、拉斐爾、羅史巴納其實不一樣嗎？梵諦岡畫廊裡面的聖母加冕版畫眞是太棒了。那表情多優雅啊！眞希望有天可以親眼看看眞品。」

「是啊。」小笠原拚命想接話。由於他沒看過平圖里喬的畫，只好搬出他唯一知道與平圖里喬有關的事情。「義大利足球選手迪皮耶羅，就號稱足球界的平圖里喬喔。因爲他的球技堪稱藝術。」

「不好意思，足球我不太熟。」

「哦……」

店內又是一片寂靜。莉子繼續看著口袋書。

簡直就像大學聯誼的時候一樣冷場。所以我從學生時代到現在都沒長進囉？真丟臉。

正當小笠原懊惱抓頭的時候，自動門打開了。

門口走進一位身穿西裝，笑容滿面的中年圓臉男。男子氣喘吁吁地說：「凜田小姐，幸好妳在。剛才我來找妳，可是店裡沒人啊。」

「啊，房仲先生！」莉子回話。「你好。看你急急忙忙的，有什麼事嗎？」

「我找到超棒的案子啦！又便宜又寬敞喔。」

「眞的?!」莉子從座位上跳了起來。「地點在哪？」

「就在神樂坂車站前面，從飯田橋搭東西線只要一站。不過，現在已經開始抽承租人了。下午三點在那裡開始抽喔。」

「還眞趕時間啊。」

「因爲這案子太好，已經有大票承租人殺過去了。如果妳也要抽籤，現在就該出發囉！」

莉子似乎很有興趣。她立刻整理一下儀容，拿起手提包。

小笠原問莉子：「要出門嗎？」

「是呀。這間辦公室太小了，我一直想搬家，但是都內的租金實在高到不行。所以拜託房仲先生，有好案子就介紹給我。是吧？」

「沒錯！」房仲用力點頭。「條件完全符合，而且幾乎是破盤的行情了，很棒喔！快快出門吧。」

「等一下，」小笠原說道：「那採訪不就……」

莉子乾脆地說：「那就一起來啊？不過我的新辦公室地址，或許算不上什麼好報導就是了……」

「沒那回事！恭敬不如從命，讓我同行吧。」小笠原說著也起了身。

公司規定的義務，採訪要到五點。但小笠原才不管什麼義務，能跟凜田莉子相處更重要。她的魅力，令人一秒也捨不得與她分離。自從進公司以來，就沒有過如此怦然心動的感覺了，他彷彿回到學生時代一般。

抽籤會

小笠原從來沒調查過神樂坂車站周邊的房地產價格。雖然車站周圍是一片安靜的住宅區，但以他的薪水，連租也租不起。神樂坂通往飯田橋的方向，則是經常出現在報章媒體上的時髦商家。

房仲帶著兩人，來到面對神樂坂的一棟住宅大樓前。這棟大樓才剛落成不久，夾在咖啡館與法國餐廳之間，有著大理石外牆。一樓整層都要出租。

樓層面積大到開精品店或超商都不成問題。正面的玻璃落地窗毫無裝飾，店內是整面的白色三合板牆。裡面完全沒有裝潢。

從外面就可以看見這全新的空間裡，正是萬頭攢動。簡直像是派對現場。

莉子駐足在大樓前，自言自語：「哇～好多人，好棒的地方啊。」

「是吧？」房仲微笑說道：「面對人潮洶湧的神樂坂，而且面積又大。離車站步行一分鐘。沒有比這裡更好的案子啦！」

小笠原也這麼認爲。不過，這是小市民能碰的案子嗎？放眼望去，裡面擠滿的幾乎都是商賈之流。而且要在名店群聚的神樂坂，用這樣大的面積，開一家個人經營的鑑定士鋪子，簡直難以想像。

「嗯……」看來莉子也有相同想法，表情五味雜陳。「這裡的價錢或許比行情要低，但應該不是我能負擔的吧？」

房仲立刻說道：「別擔心，租金低到妳難以想像，每個月只要十萬日圓！」

「啥?!」小笠原不自覺驚呼一聲。

莉子也瞠目結舌。「十萬，怎麼可能?該不會還要收幾百萬的管理費什麼的……」

「沒的事！」房仲搖搖頭。「押金六個月，解約扣二十一％押金，房東禮金一個月，然後我們仲介手續費一個月。很正常的啦！」

怎麼可能?小笠原啞口無言。鄉村商圈也就算了，竟然每個月十萬就能在神樂坂開店?

莉子也呆站著，小聲說道：「眞是不敢相信……爲什麼這麼便宜呢?」

小笠原問莉子：「妳號稱萬能鑑定士，但是不會鑑定不動產?」

「是啊……日本法律規定，只有不動產鑑定士可以鑑定不動產。違法可會吃刑事官司的。」莉子說著，依然難以置信。「但是，爲什麼會這樣便宜呢……」

房仲搓著雙手說道：「因爲大樓屋主是個奇人，二樓以上的住宅已經收租收到飽，所以想說一樓店面就便宜租出去了。說什麼賺太多繳稅會很麻煩，眞是令人眼紅啊～～所以呢，或許聽來難以置信，但每幾年眞的就有一次這樣的機會。這次可是稀有中的稀有呢！」

莉子笑逐顏開。「好棒喔！就像《NANA》一樣。小笠原，你覺得有哪間套房不用押金禮金、附時尚裝潢、可以俯看多摩川、兩房一廳、月租七萬、全套家具，還可以跟人分租嗎？」

「沒有吧。七萬應該只能租到沒浴室、共用廚房、屋齡五十年的一坪半雅房。而且房門是拉門，還用《勇者鬥惡龍》那樣的寶箱鑰匙上鎖呢。」

「說的沒錯！我就住過那種地方。不過，這案子可能比《NANA》的還好喔。」

此時，店面裡走出一個穿著套裝的年輕女子。「幾位是想簽租賃契約的客人嗎？抽籤會馬上就要開始了，請快進來。」

莉子退到小笠原身後。「小笠原，你先請吧。」

「爲什麼我先？不是妳要租的嗎？」

「這樣別人會以爲我是被便宜租金騙來的傻妹啦。如果被瞧不起，就不會仔細對我說明案子了。」

「那我先進去也一樣吧？」

「不會啦！大家會以爲小笠原你是年輕企業家之類的。」

「妳說我這個身穿青木三件套裝特價組的傢伙？」

「沒問題，你一臉就是很能幹的樣子啦。」

同行的房仲也幫莉子搭腔：「說的是！地主那邊也有女員工，說不定會給帥哥一點甜頭喔！」

「不過，我眞的只是個記者，那個……」

小笠原反駁無用，被莉子跟房仲強迫推進了店裡。

「歡迎光臨。」另一位女子遞上了傳單。「這是案件細節，請參考。」

「啊……謝謝。」小笠原畢恭畢敬地收下傳單。

店裡比外面看來更擠，簡直就像爆滿的自助餐派對。地主的工作團隊服務區在哪啊？如果不往前擠進去，連說明都聽不到了。

正想往前走，就撞到了其他參加者。

對方是個五、六十歲的瘦削男人，身穿皺巴巴的西裝，被小笠原撞得失去平衡，好不容易才站穩腳步。

「抱歉！」小笠原說：「你還好嗎？」

「還好，沒事，別擔心。」男子膚色黝黑，滿臉皺紋，微笑說道：「我還不習慣都市的人潮啊。」

莉子走上前詢問男人：「您是從外地來的嗎？」

「是呀。」男人親切地點頭。「我叫楢崎敦司，在茨城縣務農，內人建議我在東京都開個直營店，但是到處都貴得嚇人，正好就找到這個好案子。我無論如何都要租到手才行。啊，大家當然也都這麼想吧……」

「直營店啊。」莉子說：「這麼說來，您是要把自家種的蔬菜送來這裡賣囉？」

「是呀。」楢崎笑著說：「雖然我們用心栽培有機蔬菜，但是在當地不值幾個錢……內人說城市人特別喜歡無農藥的蔬菜呢。我到這附近的餐廳打聽過，他們也都斬釘截鐵地說，有人賣有機蔬菜一定會來買。」

「原來如此。如果市中心開了有機蔬菜專賣店，確實會吸引不少顧客上門。」

「是吧？我一直在東京都裡找開店地段，但能負擔的地方都不方便，東京人也不會開車來買菜，所以我想開店，就非這裡不可啦。」

「夫人應該也很贊成吧？」

一聽此話，楢崎的臉就沉了下來。「內人上個月就去世了。太過辛苦，積勞成疾。」

莉子一臉尷尬。「啊……對不起……」

「不用道歉啦。可惜我內人等不到在都內開店了。我們還曾經討論過開店之後的生活呢。一早開小卡車裝菜，走常磐道來開店，傍晚就全賣光什麼的。」

「也就是說，原本打算夫妻倆自己經營嗎？」

「當然啦。我們可沒閒錢請員工啊。不過內人先走一步，就只剩我一個了。我要盡力試試看。雖然現在才剛開始抽籤，如果最後我能租下來，也算是慰藉內人在天之靈吧。」

此時，人群那頭傳來了呼喊聲：「楢崎先生？楢崎敦司先生？」

「來了！」楢崎出聲回應，然後對著莉子等人深深一鞠躬。「那就先告辭了。」

小笠原糊里糊塗地回禮，莉子也一樣鞠躬。

楢崎離開之後，莉子抬起頭來，一雙汪汪淚眼把小笠原嚇了一跳。

「喂喂，」小笠原問莉子說：「怎麼啦？該不會是同情那個人吧？」

「因爲……」莉子趕緊拭去眼角淚水。「因爲他好可憐啊。還沒開店，太太就過世了……」

「聽了是挺遺憾的……不過我們什麼忙也幫不上啊。」

「怎麼會？如果我抽到，我就讓給那位楢崎先生。」

「什麼?!別傻了，那妳不就白來了嗎？」

「我才不想拿楢崎先生的悲慘，來換一家新店面呢。」

「妳能這樣想是很好……不過，這種時候同情人家很危險啊。說不定楢崎先生是爲了減少競爭對手，才那樣說的。」

莉子一聽此話，立刻忿忿不平。「楢崎先生才不是那種人！」

「妳不是第一次見到他嗎？連他是不是務農也不清楚吧？」

「不，這個季節還能曬得那樣黑，代表冬天忙著沃土工作，因為有機農業在播種之前必須徹底調整土質。而且他的手掌粗糙，大拇指跟小指根部有數不清的細長傷痕，代表他沒用農藥，只用雙手拔草。」

「我不該懷疑妳的鑑定眼光，原諒我吧。」

我還以為莉子眼眶泛淚，只是一時情緒不穩，看來是我誤會了。

她依然維持著井井有條的思緒。凜田莉子肯定是個感性極高的女子。即使朝思暮想的東西就在眼前，也毫不猶豫地讓給剛認識的人。甚至不等對方開口，就主動這麼做。

小笠原看著凜田莉子，心想：她果然不是只有人美，連內心也純真得嚇人。雖然在都市裡開自己的店，心靈卻沒有因此糜爛。到底她的生活有多純樸呢？老實說，她本人比現在這件房地產案子要珍貴多了。

剛才還不見蹤影的房仲，拿了一張紙牌回來。「我報名抽籤囉。咦？凜田小姐怎麼啦？眼睛紅通通的。」

莉子淡淡地說：「只是案子太好，喜極而泣啦。」

「我就說吧～！」房仲得意洋洋。「來，這紙牌拿去，上面有妳的抽籤號碼。」

小笠原看著房仲遞來的紙牌。上面寫著十六號。

此時，擴音器響起對麥克風吹氣的聲音，然後傳來男子的大喊：「各位先生、女士，歡迎光臨。我是Nikoto不動產的中道省二，負責舉辦這次的抽籤會。可以看到，雖然我們準備匆促，卻還是有二十二組人馬前來報名。讓我先深深感謝各位。」

二十二組啊……小笠原心想，這下可棘手了。想必各地不動產業者都收到消息，聚集此地吧。能趕上報名就已經是萬幸了。

姓中道的男人繼續說道：「爲了公平公正，我們決定以Tag Throwing來進行抽籤。」

小笠原低聲問道：「Tag Throwing是啥？」

莉子小聲回答：「美國人抽土地或住宅的時候常用這個方法。好像發源自美國南方，將所有參加者的號碼牌往桌上扔，數字朝上的留下，數字朝下的淘汰。就這樣反覆扔到最後一張號碼牌爲止。」

「哦～我好像在電影裡看過。可是也有人說，人工的紙牌扔起來不公平啊。說不定正反兩面重量不相等，機率不等於二分之一呢。」

「沒錯，所以有時候Tag Throwing不會扔紙牌，而改用該國的硬幣。硬幣就沒有不均質的問題，正反兩面機率也就相等啦。」

中道也做出了相同的說明：「所以，爲了保證正反兩面機率各半，我們將使用政府鑄造的硬幣。這裡有二十二枚十元銅板，鑄造年份從平成元年到二十二年各一枚。請各位到這張桌子旁邊來。」

人潮開始往內移動。裡面有張開會用的大圓桌，圓桌對面站著的應該是主辦單位。有個四十來歲的男人手持麥克風，應該就是中道吧。

中道說了：「由於人數眾多，請各組派一至兩名代表上前。」

小笠原與莉子奮力穿過人牆，好不容易才來到最前排。

桌上排了二十二枚十元銅板。每一枚都是背面，也就是有鑄造年份的那一面朝上。小笠原也能清楚看到每一枚硬幣上的年份。

「好了。」中道用沒拿麥克風的手，將硬幣堆疊起來。「現在我要拋出硬幣，年份那一面沒有朝上的硬幣就拿掉，也就是淘汰了。請各位多多包涵。現在開始第一拋。」

他抓起有如籌碼的硬幣，動作神似賭場的荷官，然後往大桌上拋了出去。

二十二枚硬幣發出刺耳的聲響，散落在圓桌上。每個人都往前傾，尋找符合自己號碼的硬幣年份。

主辦單位慢慢將平等院鳳凰堂（注：日本十圓硬幣上的景物）朝上的硬幣給收走。然後，中道將剩下的硬幣排成一列，說道：「第一拋剩下來的有：三號，五號，八號，十一號，十二號，十五號，十六號……」

一陣悲喜交集的鼓譟聲。莉子是十六號，成功存活。

開始有人接連離開桌邊。看來抽籤相當公正，大概就是一半留了下來。

楢崎也在剩下的那一半之中。楢崎看著莉子等人，輕輕微笑點頭。

中道又疊起硬幣。「剩下十三枚。接著開始第二拋。」

小笠原突然心裡一慌，在莉子耳邊說：「有沒有可能乘機混進假銅板啊？正反重量不一樣之類的？」

莉子看著小笠原，低聲說道：「我想沒有吧。假貨的聲音不一樣。」

有她這個鑑定士掛保證，就不用擔心了。該擔心的只有運氣而已。

硬幣第二次拋出。十三枚硬幣散落在桌面上，大致看來還是只有一半的數字朝上。

工作人員將數字朝下的硬幣收走。中道宣布：「留下來的是：八號，十二號，十六號，十八號，二十號，二十二號。」

又是幾家歡樂幾家愁，將近一半的人馬離開了圓桌。現在只剩六枚硬幣，莉子也是其中之一。

楢崎還是沒走，看來似乎鬆了口氣。莉子把自己的號碼牌舉起來給楢崎看，楢崎也微笑現出自己的號碼牌：八號。

小笠原對莉子說：「有八有發，好數字。」

莉子轉過頭來，促狹地說：「有八有發，好老氣喔。」

「妳說誰老啊？」小笠原臭著臉。

「開玩笑啦。」莉子笑道：「對楢崎先生來說，應該不錯喔。」

中道拿起六枚硬幣。「接著開始第三拋。」

硬幣拋出，這次四枚數字向上，兩枚向下。被淘汰的是十二號，以及十六號。

小笠原和莉子一起嘆了口氣。兩人對看，莉子臉上難掩失落。

「沒辦法。」小笠原說：「就祝楢崎先生過關斬將吧。」

「是啊。」莉子點點頭。

第四拋。四枚硬幣拋出，兩枚數字朝下淘汰。剩下八號，以及二十號。

楢崎一臉緊張。小笠原心想，他都已經撐到現在了，請千萬要讓他贏啊。

圓桌另一端是一群好整以暇的西裝男子。看來他們就是二十號了。這群身形瘦長的西裝男，看似三十來歲，對抽籤結果似乎毫不緊張，只是靜靜看著桌面而已。

小笠原覺得，這群人真是有種。可能是習慣這種抽籤的房地產業者吧。

「剩下兩枚。」中道說著，故作慎重地拿起兩枚銅板。「第五拋，是不是會分個高下呢？」

硬幣拋向桌面，這次兩枚數字都朝上。於是再拿起硬幣，進行第六拋，結果還是一樣。兩枚的製造年份都朝上。

小笠原對莉子說：「眞是心驚膽跳啊。」

但莉子卻毫無回應。

小笠原覺得不對勁，看著莉子。莉子直視著楢崎的那群對手。

「怎麼了？」小笠原問道。

「沒什麼。」莉子若無其事地嘟噥道。

中道將兩枚硬幣放在手掌上。「接著，是第七拋了。」

硬幣拋出。兩枚都在桌面上轉動著。當旋轉聲漸小的時候，明顯可以看出有一枚數字朝上，另一枚則否。

硬幣停了。製造年份朝上的是平成二十年。楢崎的平成八年，數字朝下。

楢崎的肩膀垮了下來。另一方面，那群競爭對手則是一臉平靜地擊掌、慶祝勝利。

中道宣布：「如各位所見，抽籤結果是二十號，也就是這邊ＩＯＮＡ食品有限公司的各位先生。」

現場響起零星的掌聲，楢崎則是垂頭喪氣地離開桌邊。

此時，莉子突然對小笠原說：「快把那枚硬幣押下來！」

「咦？」小笠原不明就裡。

但是太遲了，莉子已經快步離去追楢崎了。

小笠原目瞪口呆，目送莉子遠去。

「壓下來」，什麼意思？小笠原歪著頭，走近圓桌。

中道正與其他工作人員將硬幣收進皮製的小袋子裡。

小笠原喊了中道：「不好意思。」

「什麼事？」中道抬起頭來。

小笠原雖然對抽籤的公正性毫不質疑，但還是伸出了食指問道：「請問，我可以用手指壓壓看那枚銅板嗎？」

「呃……請。」中道一臉訝異地回答。

小笠原伸出食指，壓住桌面上的一枚硬幣。硬幣被手上的油分黏住，隨著手指上升一公分左右，又掉了下來。

不過是普通的十元銅板，又怎麼了嗎？

中道問說：「可以了嗎？」

「嗯……可以了。」小笠原抓抓頭，離開圓桌。

店裡人潮漸漸散去。莉子在出口附近追上了楢崎。

小笠原也快步靠近兩人。

「楢崎先生！」莉子叫住他。

楢崎停下腳步，回過頭來，表情明顯相當失望。但他隨即露出豁達的笑容。「我們都被淘汰啦。」

莉子的表情五味雜陳，說道：「楢崎先生，我眞的很希望你能在這裡開店啊。」

「妳有這份心意就夠了……我也算做了一場好夢啊。」

「別灰心！你一定會找到其他好案子的！」

「不用找了，怎麼會有比這個更好的呢？以我的收入，本來就不可能在都內開店。明天還是繼續去當地的批發市場吧。」

「可是，尊夫人的在天之靈……」

「內人會接受的。」楢崎笑道。「我想內人也會說，還是鄉下地方比較舒服。多謝各位這樣爲我操心，先告辭了。」

楢崎轉過身，走出門外。他的腳步軟弱無力，藏不住心中的失望，好像隨時都會跌倒一樣。

楢崎就這麼消失在玻璃落地窗外的都市喧囂之中。

莉子目送他離開，然後轉向小笠原。眞誠的雙眼帶著沉痛的色彩。

「小笠原，」莉子低聲說：「硬幣呢？」

「啊，我壓下去啦。」

莉子一聽，伸出手來。

「怎麼？」小笠原問道。

「你還問？」莉子一臉嚴肅。「讓我看十元銅板啊。」

「給妳看？我皮包裡的可以嗎？」

「不是啦，是你押來的那枚銅板啊！」

小笠原總算知道她的意思，慌了起來。「原來不是要我『壓下』，是要我『押下』啊？」

莉子瞪大了眼睛，一臉難以置信。「壓銅板是要怎樣啦！」

「我也覺得奇怪，但就覺得應該照妳的話做……」

此時，有位工作人員走了過來。「兩位客人，抽籤會已經結束了，請兩位……」

小笠原對工作人員說：「不好意思，能不能借一下剛才那十元銅……」

話沒說完，莉子就抓住小笠原的手腕，對工作人員低頭道歉：「不好意思，我們要走了，謝謝。」

莉子拉著小笠原，不顧眉頭深鎖的工作人員，直接走了出去。

莉子在神樂坂的人群中停下腳步，小笠原開口問道：「妳不是想看硬幣嗎？」

結果，莉子難得露出焦急的樣子。「剛才就算借了也沒意義呀！對方肯定只會拿正常的十元銅板出來，所以才要趁銅板還在桌上時就押下來才行啊！」

「可、可是，硬幣應該是眞貨吧？」

「你眞的是喔！」莉子從手提包裡拿出手機，撥打號碼，貼近耳朵。「啊，江來先生，我是凜田。好久不見了。我有件事情想請教，最近有沒有罕見的瑕疵幣賣出？要十元的喔。」

沉默了半晌，莉子點點頭。「是。哦，DF的十元銅板，製造年份是平成二十年（二〇〇八年）對吧？我知道了，多謝幫忙。先這樣了。」

小笠原看莉子掛斷電話，問道：「妳打給誰啊？」

「我認識的古幣商。他在鑑定界的人脈也很廣。只要市場上出現收藏家會高價收購的瑕疵幣，就會在古幣商之間傳開來。我想他應該有消息，果然沒錯。」

「瑕疵幣就是做壞的銅板嗎？」

「沒錯。瑕疵幣通常不會釋出，而是直接銷毀，但偶爾會流入市場。瑕疵幣有很多種，通常都是鑄造花紋的位置歪掉，但有種稀有的瑕疵幣叫做DF，也就是雙面幣，正反兩面的花紋都一樣。古幣商之間有消息，大概一個月之前有人用三十萬日圓，買了一枚兩面都有年份的DF。」

小笠原大吃一驚。「所以，剛才的就是……」

莉子咬著下唇：「我太大意了，不該光靠聲音沒錯就相信那枚硬幣。沒想到，竟然用了瑕疵幣……總之，這場抽籤會是安排好的。Tag Throwing的結果早就決定了，一定會是那家IONA食品有限公司中籤。工作人員也是一夥的。」

「但是爲什麼要這樣做？如果工作人員是一夥的，何必舉辦什麼抽籤會？」

「我也不知道原因。」莉子透過落地窗注視店內。「但是，楢崎先生被這場鬧劇耍弄，結果大受打擊。楢崎先生夢想跟太太一起開店，竟然受到這種對待……我饒不了他們！」

IONA食品有限公司的男人們，已經在店裡開始談起事情。其中一個望向我們，傲慢地揚起嘴角，又回過頭加入討論。

你們這群奸商！小笠原一肚子火，但隨即注意到莉子。

莉子的貓眼，如今像獵豹一樣銳利。一頭鬥志高昂、鎖定獵物的獵豹，彷彿全身都燃燒著憤怒的火焰。

皇后

（三年前）

剛滿二十歲的凜田莉子，正在便宜貨總店的一樓站櫃檯。原本穿不慣員工圍裙的她，現在偶爾會忘了換下，直接穿回家。她的工作包含庫存整理、商品擺設、掃除、待客、管收銀機跟帳本，五花八門。以波照間島的生活來比對，就好像把整個月的工作量濃縮成一天。但她從未覺得工作很辛苦，因爲愈忙就愈有機會獲取知識，每天都充滿刺激。

現在莉子正接待著一位七十來歲的婦人，鑑賞她帶來要求收購的物品。這家店跟其他二手商店不同，能應付極多種類的商品買賣。許多顧客耳聞風評，又帶來更稀奇古怪的東西。莉子甚至覺得，每天都能看到更多新東西。

這次是山上採來的香菇。她從滿滿一整籃的香菇之中，一株株挑出來仔細欣賞。實在很想給客人一個好價錢，但也不是想給就能給。

「嗯……」莉子低吟道：「很可惜，這次勉強能賣錢的只有這兩株，其他全部都有毒喔。」

「唉呀~」老婦人瞠目結舌。「該不會是騙我的吧?妳把梗撕開看看，我聽說柄如果是直著裂開就可以吃，不是嗎?」

「啊……那只是謠傳而已。不管有沒有毒，幾乎所有菇類的菌柄都會直著裂開。也有些可以吃的香菇，菌柄不能直著撕開，像紅汁乳菇就是了。」

「這可以直著撕開，也有毒嗎?」

「是啊。這叫做鱗柄白鵝膏。」

「那這株呢?有蟲咬過，應該沒有毒吧?」

「不是喔，就算有劇毒，蛞蝓跟昆蟲還是能吃。」

「我咬了一小口，沒什麼怪味啊。」

「它的毒素成分叫做鵝膏蕈胺酸，少量甚至會覺得很好吃。這株是豹斑鵝膏，是傘菌目鵝膏科鵝膏屬的菇類，特徵是灰褐色的菌傘上有凸起的潰爛白斑，菌柄也有白色的節狀凸起。這種菇有毒性，會引發嘔吐、幻覺等症狀，嚴重的話還會昏迷喔。」

老婦人大受打擊。「嚇死人了……不過，用鹽巴醃起來，再跟茄子一起煮，應該就可以吃了吧?」

「不行的。熱水的熱度無法分解毒素，茄子也沒有解毒成分。就算用鹽醃過，毒素還是會殘留。所以只有這兩株是安全的。」

「眞不敢相信啊……我還以爲它紅通通的反而危險哩。」

「這個是亮茶色蛋鵝膏，看起來確實紅通通的很嚇人，但其實可以吃。」

老婦人看著那堆毒菇。「這裡也有兩株一樣的啊。」

「有點不一樣，這株是白黃蓋鵝膏，含有環胜肽，而這株是毒蠅傘，吃了都有危險喔。」

「哇～」老婦人似乎相當佩服。「凜田小姐還是這麼博學多聞，連香菇都懂啊。到底從哪裡學來的？」

莉子苦笑道：「只是看了點書而已啦。至於這邊的蛋鵝膏，法國叫它Oronge，義大利叫它Ovulo，都是高級食材，還算有點價值，一株一百日圓跟妳買好嗎？」

「這樣就好啦。我也學了不少，都該繳學費給妳咧。」

「別這麼說。那毒菇就交給我們處理掉囉？」

「唉喲，那太不好意思了。」老婦人笑道：「我自己帶回去當可燃垃圾啦。」

辦完收購手續，老婦人離開，莉子便動手記帳，順便算出今天一天的收購總額。

她不用計算機，因爲已經學會了做生意必備的算術能力。如果尾數是八或九，就先補上二或一湊成整數，算出結果之後再扣除這部分。或者將數字分成幾塊，分別算完之後再總計起來。這比按計算機快得多了。

今天一天的帳冊整理完成了。馬上就要打烊，把帳冊交給老闆吧。

莉子一手抱著帳冊，走出櫃檯，向資深男店員和久井打聲招呼：「我去一下辦公室，收銀機麻煩你了。」

和久井蹲在寢具區忙著整理東西，聽莉子一說，站起身來。

「收到。等我標完價就過去。」

「看來棉被又多了一點，枕頭區也變大了呢。」

「就是說啊，老闆對寢具特別重視。趁天氣熱的時候增加庫存，眞是有想法啊。」

「爲什麼老闆這麼重視寢具呢？」

「聽說老闆小時候家裡窮，晚上只能在壁櫥裡包毯子睡覺呢。就是因爲這種兒時傷心往事，才會卯起來買棉被吧？」

或許，這就是瀨戶內希望能對顧客供應便宜寢具的具體作爲吧？其實現在棉被庫存已經多到不値錢了，說不定東京都內最便宜的寢具就在這裡呢。

其實會來買的客人，數量遠不如經濟困窘、要求收購的客人。兩者之間的差距，明顯表現在店家的經營困境上。

莉子只負責收購櫃檯，並不清楚營運的實情。老闆總是說不用擔心，但不擔心才是騙人的。雖然薪水從來沒有遲付過，但店面銷售狀況明顯不樂觀。

莉子穿過高聳的貨架之間，才走近辦公室，就聽到瀨戶內的怒吼穿透了緊閉的門板。

莉子還是第一次聽到老闆的聲音如此憤怒粗暴。瀨戶內大喊：「想都別想！我不可能把店收掉！」

另一個冰冷的男性嗓音響起：「瀨戶內老闆，不是你說了算啊。你這店總是虧損連連。不趁現在做點什麼，你會後悔喔。」

「就算這樣，我也不會關門！這可是我的人生志業啊！」

門內傳來一聲長嘆。「要不這樣吧，你就先別收購，專心賣掉庫存。你們公司現在庫存已經多到不行，卻還是每天採買、收購。光有商品卻沒有現金，完全是反效果啊。希望你改變方針，在消化大量庫存之前別繼續收購了。」

「這樣就沒意義了！」瀨戶內一步也不退讓。「二手商店的意義，就是爲貧困的人提供些許生活費！如果不收購，跟一般商店有什麼不一樣？」

「老闆，無論你怎麼說，我們這邊都不會再提供融資了。你必須盡力還款。聽好了，如果沒有任何改善，繼續這樣下去，貴公司很快就會破產，到時候貧困的就是你啦！」

莉子呆若木雞。

破產……公司的狀況果然很糟啊。

突然，有人拍了拍她的肩膀。莉子嚇得轉過頭來，原來是老闆的女兒，瀨戶內楓。

「別擔心啦。」楓小聲說道：「每次都這樣。他已經跟銀行的人吵好多年囉。」

「楓……如果公司破產，妳的生活也就……」

「我早就有心理準備囉。」楓一臉滿不在乎的表情，撥了一下她的金髮。「雖然我沒看過公司所有帳冊，但也知道負債有增無減。現在就是到處借錢，挖東牆補西牆，被債追著跑。我媽也是好久以前就受不了我爸，所以跑掉了。」

莉子不知該說些什麼，只能回答：「是這樣啊……」

「我媽已經改嫁，在遠方過著新生活了。當初也是有問我要跟誰走啦，我就選了我爸。不過，我一點都不後悔，因爲爸的想法很棒啊。」

「我想，如果經營得更好一些，重振生意應該不是夢吧？」

楓五味雜陳地笑著：「別想那麼多了。他一直都是這樣，還說以後也可以繼續走鋼索下去呢。」

「應該要減少收購活動吧？」

「妳沒收到這樣的指示，對吧？我爸的經營理念，就是同情顧客。其實，向一般顧客收購東西根本不痛不癢，問題是他會跟倒掉的公司、工廠買一大堆庫存啊。像日出製網纖維，就賣給我們一大堆根本沒用的東西。那可是花了一大筆錢呢。」

「也是啊……」

老闆的志向真的了不起。但他手上能拋出去的救生圈，也快用完了吧？我一介小小員工，能做的事情也不多。該如何是好？

此時，銀行員在門內大吼：「總之，如果連收購都不肯少，就請立刻把人事費砍兩成吧！如果不砍，你們下星期就別做生意了！聽清楚沒有？請馬上動手！」

門突然打了開來，走出氣到滿臉通紅的西裝男子二人組。

兩人看都不看楓和莉子一眼，臭著臉走過她們身邊，從店門口離開了。

辦公室裡只剩瀨戶內陸一人。他慢慢起身，走出門口。

「唉呀～」瀨戶內微笑道：「楓、凜田，你們都在啊。我的糗態都被你們看光囉。」

看來方才的兩人確實打擊了瀨戶內，他的笑容比以往都要虛弱。一頭白髮也雜亂不堪。應該抓到頭皮都要掉了吧？

莉子憂心地說：「瀨戶內先生……眞是抱歉。」

「妳道歉做啥？」

「因爲明明連營運都有困難，瀨戶內先生還是雇用了我。銀行的人也說要刪減人事費。我實在太依賴瀨戶內先生的好意了，要好好反省。」

瀨戶內笑說：「省省吧。妳的貢獻可是薪水的好幾倍。經營不善是我個人的問題啊。我一路走來，逍遙自在，這方針往後應該也不會變吧。我不會收手，一定會找個能撐過去的辦法。」

「爸……」楓小聲地說道：「話雖如此，銀行方面的意見可不能不聽啊。如果銀行不借錢給我們，又生不出其他經費，當然要砍人事費呀。我暫時不領薪水也沒關係的。」

莉子一聽，也立即附和：「那我也……」

「等等。」瀨戶內舉起手，阻止了她們。「你們兩個有這份心，我很高興，不過別太衝動。楓打拚了這麼久一直沒加薪，我身爲小企業經營人，也從沒領過薪水。再說，我們自家人減薪還說得過去，怎麼能讓凜田也一起扛包袱呢？」

莉子聽得心痛萬分。「我想，現在不是顧自己薪水的時候了。」

一陣沉默，視線交錯。

終於，瀨戶內靜靜地說了：「沒辦法，事已至此，我不能不負責。凜田……眞的很對不起，但我沒辦法再雇用妳了。」

「好的。」

「別一臉傷心樣啊。是妳該自立門戶的時候了。」

「咦？」莉子嚇了一跳。「你說，自立門戶？」

「妳已經是個頂天立地的成年人了，算術又強，自己開業應該沒問題吧？現在又有數不清的知識，客人拿什麼來，妳的鑑定眼光都一樣精準。老實說，我眞沒想到妳會成長到這個境界。但從半年前開始，我就有個想法，妳是該當個鑑定士了。」

「鑑、鑑定士嗎？可是，我一張證照都沒有啊。」

「當然，因爲妳並沒有爲了證照而念書，而是從頭到尾堅持實作呀。雖然妳學識淵博，總有不拿手的地方，這對考證照來說相當不利。不過，妳現在已經可以當個自由鑑定士了。別堅持一定要有什麼政府保證，自己掛個招牌出道就好。這樣比較省錢、省時間啊。」

楓也微笑點頭。「應該有搞頭喔。凜田好像快把這裡所有鑑定書跟商品目錄都背下來了，客人們都很佩服啊。妳乾脆就自己當個鑑定萬事通吧？肯定有市場需求的。」

莉子更糊塗了。「鑑定萬事通，這有點……」

「沒錯。」瀨戶內轉身走進辦公室。「我跟楓的想法相去不遠。你們兩個，過來看看。」

瀨戶內打開辦公室裡的一個紙箱，東翻西找。莉子與楓也進了辦公室。

「找到了。」瀨戶內拿出一塊板子來。「我本來以爲還要等上幾年，不過早起跑也有好處。來，凜田，這就是妳的事業了。」

那是一塊鋁製招牌，好像是跟廠商訂做的。消光銀底刻著黑字，招牌上的字樣是：**萬能鑑定士Q**。

莉子瞠目結舌，看著那塊招牌。「萬能鑑定士？」

瀨戶內點頭說：「做生意就是要有噱頭啊。妳要打響這塊招牌，讓世上所有鑑定專家都跌破眼鏡！」

「可是，我能鑑定的東西不多啊……」

「別謙虛了。從家電到珠寶名牌包，妳不是都包辦了嗎？往後或許還會接觸藝術品，但妳天生的感性一定能幫妳吸收各種資訊。至於妳能接觸到什麼等級的顧客，就看妳有多努力了。這正是自營商的辛苦之處，也是最大的樂趣啊。」

楓開口問道：「爸，這個Q是什麼？」

「啊？哦～這就像店名啊。基本上『士』字輩的人應該要有張證照才行，但莉子又沒有，所以爲了表示這不是正式的證照頭銜，就加個Q當成店名。我是想加個『皇后』（Queen）的意思啦。因爲這是凜田自己的事業，她就是女主人。萬能鑑定士Queen，不錯吧？」

莉子忍不住望向楓，楓也看著莉子，兩人都皺起眉頭。

Queen……雖然老闆是個令人敬佩的好人，但命名的品味實在有點……

至少別人問我Q是什麼意思，我絕對不會說是代表「皇后」。這實在太丟人了。

「我說啊，」楓擺出個臭臉。「爲了自稱萬能鑑定士，故意加個超遜的Queen，不如直接用更抽象的稱號吧？像『看透萬物眞假，人稱千里眼』什麼的。」

「妳果然是我女兒。我也有想過這個稱號，不過『千里眼』已經被註冊商標啦。」

「那個Q，不能換成其他字嗎？」

「可是妳看，招牌都做好了。」

「那，至少不要唸成Queen吧？我覺得唸Q就好了。這樣也不用說明意義。萬能鑑定士Q，聽起來挺順的呀。」

瀨戶內看著那塊招牌：「是這樣嗎？好吧，唸法就交給當事人決定。凜田，這塊招牌我就送給妳了。順便讓我提供一筆小小的創業基金吧！這樣妳就能在都內租店面開業了。」

莉子感覺心中湧起一股暖流。「可、可是瀨戶內先生現在正缺錢用……」

「妳自立門戶之後，我的人事費負擔就少了。就讓我出一筆禮金吧。」

「瀨戶內先生，眞的是感激不盡……」

「以後有人拿東西找我們收購，或許也會拿去給妳鑑定呢。等口碑傳開了，生意應該會好起來。我相信妳的天賦。」

楓也笑著對莉子說：「便宜貨倒掉的話，要給我一份工作喔！」

「少來了，楓。」瀨戶內擺出一如往常的自信微笑，注視著莉子。「這不是在逼妳，妳有選擇方向的權利。這是妳的自由。所以我再問一次，未來妳打算怎麼走？」

莉子又要感動落淚了。竟然有人會爲了我這個小人物，做到如此地步。

「謝謝你們……」莉子哽咽地說：「眞的，眞的謝謝你們！」

專業鑑定士……在波照間島生活的時候，從沒想過會走上這一行。這行業應該沒辦法解決島上的缺水問題，但總有一天我要成長茁壯，爲島上做點什麼。

我也要爲了困苦的人盡一份心力。除了基本開銷之外，一毛錢也不多賺，全力滿足顧客需求。無論看到誰有麻煩，都伸手拉一把，因爲這就是我所學到的一切，是讓我能走到今天的理由。

香蕉

（現在）

對小笠原悠斗來說，認識凜田莉子之後的這兩天，簡直是萬分煎熬。

週休二日都沒能見到她。雖然她只是個採訪對象，只負責對力士貼紙提供參考意見，但就是會想她想個不停。小笠原在這兩天裡，滿腦子都是：「她現在在哪？做些什麼？」

不過，週休二日可不能就這麼睡掉。他從網路上找了許多可能有幫助的資料。雖然都是些小事情，但對莉子來說應該是份好禮物。

星期一總算到了。天上晴空萬里，小笠原好不容易才忍住衝動，沒有直奔萬能鑑定士Q的店面。**我可是公司員工。上午九點當然要先進公司。**

但當他來到角川書店總公司大樓，情況卻與以往不同。

一樓大廳站滿了熟悉的臉孔，卻都不知所措。他們都是《週刊角川》的編輯與記者。裡面看不到荻野總編輯，也看不到副總編、各組組長與副組長。根據同事宮牧拓海的消息，頭頭們正在跟角川的社長開重要會議，所以編輯部暫時封鎖。還指示記者們別進編輯部，直接前往採訪。編輯部的人就去跟作家們談稿件。

宮牧說：「如果要開會，借會議室不就好了？把我們鎖在門外，該不會編輯部眞的命在旦夕了吧？說不定明天門口就改掛《少年ACE》第二編輯部的牌子了。」

小笠原一頭霧水，但心底卻爲此高興。

《週刊角川》停刊確實是大事一樁，但應該沒這麼嚴重吧？或許會縮小規模，或許編輯部會搬家，但就今天來說實在太好了。因爲這樣就能立刻去找凜田莉子啦。

我當然不是看到美女就豬哥！這是工作，是公司指派給我的職務！

資深記者說「你還眞是活力充沛啊」，小笠原含糊回應「哪有！」之後，就離開公司大樓。

他腳步輕快，走往飯田橋車站，神樂坂西的方向。神田川沿岸吹起清爽微風，下起粉紅色的櫻花雨。

但在歡樂的心情背後，卻感受到一股動盪不安。

遠方傳來接連不斷的警笛聲。連直升機都從頭頂飛過。除了報導媒體之外，連自衛隊戰鬥機都來了。在十字路口旁，看到衛星轉播車在大久保通上呼嘯而過。NHK、富士電視台等電視公司專屬車輛，不停往政府機關區駛去。TBS的轉播車則往反方向前進。

發生什麼大事了嗎？不對，有事的話，《週刊角川》的記者應該會收到消息。早上同事跟上司都悠哉悠哉，也沒有管制報導的動作出來。

小笠原心想，應該是什麼大人物來訪，或是誰打了恐嚇電話吧。這些在東京都是司空見慣的事情。

萬能鑑定士Q的招牌就在眼前。店門口放了輛手推車，旁邊印著「月刊鋼彈ACE」。是冰室副教授拉來的。

走近自動門，裡面有兩個人正在交談。辦公桌後面的莉子，以及沙發椅上的冰室。兩人一見小笠原，就停下交談，望了過去。

莉子露出招牌的僵硬笑容。「啊，小笠原，早安。」

今天莉子身穿長版白色針織衫，看來相當清純。她既適合搶眼的紫色，走清純路線也不覺得怪。高領針織衫讓她的臉看來更小，同時眼睛看來更大。

冰室今天也走休閒風，皮外套、單寧褲、運動鞋。配上他那張凶悍的臉，讓人以爲是個重機騎士。難道他就穿得這樣帥氣，一路拉手推車過來？頭髮還用髮蠟抓得頗有型呢。大學副教授眞叫人猜不透啊。

冰室親切地打了招呼。「雜誌記者，你早啊。我拿東西來還囉。」

他伸手一指，安全護欄的波浪板正靠在牆邊。幾十張力士貼紙原封不動，看來什麼變化都沒有。

小笠原問道：「那，科學鑑定的結果如何？」

冰室的臉突然垮了下來。「我正好在跟凜田說明這個。直接說結論的話呢，什麼也沒查到。」

「沒查到？」

「貼紙確實就像凜田說的一樣，出自兩個人之手。我用靜電檢驗裝置ＥＳＤＡ分析筆跡，發現兩種明顯不同的特徵。」

莉子低聲說道：「問題在於，到底是誰先開始畫的？」

「我已經說啦。」冰室彎身向前。「用高速液態色譜分析法，是可以分析墨水的化學成分，一下就知道哪邊比較舊。這次我也是這麼打算，但效果不彰。因爲，兩種力士貼紙的數值都一樣啊。」

小笠原嚇了一跳。「數值都一樣？」

「沒錯。墨水成分，時間劣化，都完全相同。基本上不可能有這種事。因爲分析儀器檢查出來的描繪時間單位，只有幾個小時。更詭異的是，連同一張貼紙的線條描繪順序都查不出來。到底是先畫輪廓？還是先畫眼睛、鼻子或嘴巴？完全不清楚。基本上，用顯微鏡做斜光照檢查或是紫外光照檢查，可以查出數微米單位的壓力和筆跡差異，但力士貼紙的墨水檢查結果，全都一樣！如果檢查結果正確，代表所有力士貼紙的所有線條，是在同一個時間內畫完的，分秒不差！」

「怎麼可能有這種事？」

「沒錯，根本不可能，不過儀器顯示的數據就是一樣。如果要找出原因，就得使用非儀器的方法。可惜我的實驗室沒有這樣的設備跟技術。就算要做，也得花很多時間，一年半載跑不掉吧……」

「那……」小笠原戰戰兢兢地說：「調查結果眞的正確嗎？數値全都相同，該不會是儀器故障了吧……」

冰室一臉不悅：「你懷疑我的科學鑑定？雜誌記者的工作就是對萬物存疑沒錯，不過你要怎麼解釋競爭對手的報導？」

「競爭對手？」

「怎麼？」冰室一臉難以置信的表情。「難道你還沒看過？」

「看什麼？」

此時莉子遞出一本雜誌。娛樂週刊《Friday》。

莉子說：「這是上星期五發行的雜誌，當時我們忙著東奔西跑，所以沒注意到就是了。」

「咦?!」小笠原趕緊拿起雜誌。封面上有個小標題：「力士貼紙的駭人真相」。

他趕緊翻開雜誌找報導。但這篇報導似乎不太重要，放得很後面。而且也沒有完整版面，只是跟其他小事一起放在獨家消息專欄裡。

上面有力士貼紙的照片。小笠原唸出了報導內容：「警視廳科學搜查研究所（科搜研），對都內不斷增加的『力士貼紙』進行科學鑑定，結果發現所有貼紙皆爲手繪，而且出自兩人之手。但無法確定貼紙的描繪順序，也無法確認哪種先出現。科搜研認爲科學鑑定無法找出結果，過程應有異常，將進一步詳細檢查。」

小笠原忍不住嘆了口氣。怎麼會這樣？人家已經超前十萬八千里了，而且還有科搜研的背書！

冰室聳聳肩。「小笠原，這樣不是很好嗎？連這種報導都出來了，也沒引起多大討論。就算你家《週刊角川》刊出來，應該也是一樣下場吧。這下不用擔心刊出來無助銷售量啦。」

「話是沒錯啦。」小笠原心中五味雜陳。

「不過，竟然連科搜研都查不出描繪的先後順序，還眞是耐人尋味。」

「我想他們也只是跟我一樣，用色譜分析法分析罷了。如果你有興趣，去科搜研採訪就好啦。」

「科搜研啊……如果不請前輩幫忙，應該很難申請吧。」

「那剛才的結論不就夠了？你乾脆就寫：『萬能鑑定士Q』的鑑定能力媲美科搜研，如何？或許有人會投書來問Q是什麼意思呢。凜田，到底是啥意思啊？」

這問題對莉子來說似乎難以啓齒。莉子的回答，就像之前回答小笠原一樣：「話說冰室啊，你知道爲什麼馬拉松選手高橋尙子，外號叫小Q嗎？」

冰室立即回答：「不是因爲她在田徑隊迎新會上，唱鬼怪Q太郎的歌嗎？」

小笠原大吃一驚：「是這樣嗎？」

莉子也瞠目結舌：「是眞的嗎？」

「或許吧。」冰室說道：「我也沒有親眼見過本人，只是傳聞罷了。好啦，我中午還有課，該告辭囉。小笠原你加油啊。凜田，有事再找我吧。」

冰室站起身來，凜田對他微笑說道：「多謝冰室兄，又讓你費神了。」

小笠原對冰室行了個禮，冰室也點頭致意，就走出了自動門。

小笠原看著玻璃門外那輛手推車。該不會又要拉回公司吧？

「小笠原。」莉子一臉抱歉地說：「眞可惜，採訪就到此爲止了。」

「啊，嗯，是啊。不過，」小笠原不小心吐露了心聲。「我想採訪個新主題。」

「什麼新主題？」

「那個啊，上星期五我們不是去看了神樂坂車站的超好案子？主辦單位很可能在Tag Thowing上作假，一開始就決定誰會中籤了。這肯定違反公平交易法，更有違天理啊。」

莉子瞪大了眼睛。「你要採訪那件事？」

「我是有這想法啦……如果凜田小姐能幫忙就太好了。」

「當然幫！」莉子立刻神采奕奕。「那場鬧劇讓楢崎先生跟其他參加者大失所望，當然要掀他們底牌！但是，公司有正式決定採訪了嗎？」

「當然決定啦，那個荻野總編也很有興趣喔。我說啊，應該好好嚴懲這種鼠輩，他就說：說的對！交給你辦！」

「小笠原好棒喔！長官們一定很信任你吧！」

「也沒有啦。哈哈。」小笠原聽見自己空洞的笑聲。

我背後直冒冷汗。其實根本沒有長官幫忙背書，一切都是我自作主張。

不過，雜誌記者的使命，就是揭發社會黑暗面啊。莉子聽了也開心，當然要採取行動。我不是瞧不起公司方針喔。而且總編他們只管開秘密會議，哪有時間請示呢？

小笠原下定決心，從懷裡掏出一張對摺再對摺的紙。「妳看這個，我把他們的網站印下來了。」

他將紙攤開，交給莉子，莉子收下一看：「ＩＯＮＡ食品有限公司？」

「就是那次抽籤會中籤的公司啊。這是他們的網站。」

「是喔……看起來眞樸素啊。」

實際上，那個網站眞的有夠廉價又簡單，用網站製作軟體不必一小時就能完成了。沒有公司名稱，也沒有商標，只有放大的文件字體、幾張照片、公司簡介，還有活動內容。這就是網站的一切。

莉子讀出公司簡介的內容：「公司名稱，ＩＯＮＡ食品有限公司。總公司地址，澀谷區道玄坂一丁目十二番一號，澀谷Mark City大樓內。營業項目，本公司進口天然食品，並舉辦烹飪教室。」

「烹飪教室的詳情寫在最下面。從今天上午十一點開始，在神田的空店面舉行。然後下午兩點轉到上野車站前會場，晚上七點，就在神樂坂車站前會場。肯定就是上星期剛簽下來的那間店面。」

「可眞趕啊，連裝潢都沒有就要開烹飪教室嗎？而且就只有這一天，之後行程未定，這……」

「這公司看來不正常，但好像也有營業登記證。妳看上面的照片，他們好像是從菲律賓跟印尼進口香蕉，有沒有？」

網站上其中一張照片，是接受海關檢查的光景。在類似倉庫的空間裡，有人從角落的紙箱中拿出青綠色的香蕉。紙箱旁邊印著ＩＯＮＡ食品。身穿藍色制服的海關人員，手拿香蕉仔細檢查。

莉子看了印在紙上的照片一眼，立刻起身，從衣架上抓起外套。

小笠原問道：「怎麼啦？」

莉子邊穿外套邊說：「你不覺得這照片怪怪的嗎？」

「咦？」小笠原看著照片。「我昨天在電腦螢幕上就仔細看過啦，而且還比對海關人員的服裝照片，應該不是假的。紙箱上的公司名稱也是印上去的。」

但莉子嚴肅地說：「這張照片不是海關照的，是假的。IONA食品公司根本沒有進口香蕉！」

「什麼？妳怎麼看出來的？」

「照片左後方有張辦公桌對吧？上面有個筆筒，插著綠色的麥克筆，有看到嗎？」

「呃……這個嗎？糊糊的，勉強看得出來吧。」

「那是國譽（注：Kokuyo）文具的螢光麥克筆，叫做電光線，二〇〇七年曾經得過優良設計獎，造型非常奇特。公司只推出紅、藍、黃三種顏色，每種顏色的筆蓋造型各不相同，就算在暗處也能靠觸感分辨顏色。紅色是直的，藍色是彎的，黃色是尖的。那支筆就是黃色。」

「可是看起來是綠色啊。」

「那是用影像編輯軟體修改過了。比方說Photoshop的『色相／飽和度』功能，就可以改變特定顏色。他們把照片裡的黃色變成綠色了。」

「爲什麼要這麼做？」

「爲了改變香蕉的顏色啊。日本的植物防疫法規定不准進口黃色的熟香蕉。因爲黃香蕉如果有害蟲寄生，就會危害日本農作物，因此所有船運進來的香蕉一定都是綠色的。而日本零售商則必須把綠香蕉放進熟成室，等香蕉熟了變黃才能販賣。」

「所以，這些傢伙假扮海關拍照片，是因爲拿不到綠香蕉囉？難怪要修改照片，隱藏眞相。」

「而且，做個網站讓人搜尋，可以博取信任。進口業者經常會在網站上刊出報關檢查的照片，他們以爲有照片就不必多做解釋了吧。」

小笠原大受打擊。但不是因爲假照片，而是因爲莉子恐怖的鑑定眼光，嚇得他直打哆嗦。

沒想到才觀察了那一瞬間，就看穿了一切。小笠原看著照片裡小小的筆筒，小到簡直要用放大鏡才看得清楚，但莉子卻用肉眼就瞬間判斷完成。

萬能鑑定士眞是驚人……只是那個Q的意義依然不清不楚。

莉子拿起手提包，走向自動門。「我等不及到晚上七點了，現在就去上午十一點開始的神田料理教室，好好瞧一瞧！」

「當然！」小笠原也跟上。「都到這地步了，怎麼能不摸清楚他們打啥算盤呢？」

「啊，小笠原。」

「怎麼了？」

「你要多小心喔。」莉子淡淡地說：「剛剛那張照片裡的海關人員制服，可是眞貨。他們的做法之所以這樣粗暴，應該是時間緊迫的緣故。肯定不是一般的詐騙集團。」

莉子走出門外，小笠原呆看著她的背影。

我要深入險境了，想到就背脊發涼。對方是誰，有何目的，一概不清楚。但不入虎穴，焉得虎子？只是在伸手不見五指的黑暗中，連敵人的樣貌都不清楚，或許會糊里糊塗丟掉小命啊！

烹飪教室

網站上沒有地圖，只有地址。幸好兩人還是及時趕到。國道十七號，中央通旁邊的平房。看來是間倒閉的便利商店。招牌與裝潢都已經拆除，並且納入ＩＯＮＡ食品的手中。

小笠原與莉子就站在會場門口。

玻璃窗上貼著一張手寫紙條：ＩＯＮＡ食品烹飪教室，免費進場。裝飾就只有這個了。

入口前面有兩個三十來歲的西裝男子，招攬著人行道上的行人：「我們是進口天然食品的ＩＯＮＡ食品～～請來參觀新鮮香蕉的烹飪妙招～～同時可以品嚐熱騰騰的佳餚～～」

由於地點在車站附近，人潮不算少。

會感興趣而停下腳步的，幾乎都是高齡人士。從窗外可以看見會場座位已經坐滿了八成，名額大概五十人吧。

莉子嘟噥道：「這活動感覺眞詭異。好像要推銷健康食品的樣子。」

「感覺確實是這樣。」小笠原也有同感。「整個就是詐騙講座的氣氛啊。」

「而且，香蕉有什麼烹飪法？我只知道用果汁機打成香蕉汁而已，他們要教怎麼做甜點嗎？」

「該不會是巧克力香蕉吧？」

「那不是只要塗上巧克力醬，放進冷凍庫就好了嗎？這哪用教？」

「或許還是有幾招秘訣吧？比方說香蕉太彎就沒辦法插竹籤，所以要選比較直的香蕉之類的……」

「這樣還算烹飪教室嗎……」

工作人員高聲大喊：「馬上就要截止報名了！想進場的先生、小姐請盡快進場！」

莉子邁開腳步：「走吧！」

小笠原與莉子並肩邁進。工作人員一見他們，微笑鞠躬說：「歡迎光臨。」

小笠原發現到，這傢伙就是神樂坂抽籤會上的其中一人。他一時冷汗直流，幸好對方沒有發現他。或許根本不記得吧？

會場裡的三合板牆沒油漆也沒貼壁紙，現場一片鴉雀無聲。摺疊椅上坐滿了老年人，看來互不相識，只是靜靜地坐著。老年人們望向牆邊的廚具組，流理檯、廚櫃、大型商用冰箱，還有擺滿烹飪工具的長桌。一旁的推車堆滿了食材。

小笠原心想，活動比想像中要正式得多。廚具似乎是從外面調來的，設置位置應該是先前超商的櫃檯附近。原本有出租的話，水電應該都有牽，很適合設置活動烹飪教室。或許這家公司的營運方針還挺合理的。

最後一排有兩個空位。小笠原與莉子交換一個眼神，靜靜坐上那兩個位子。

看手錶一眼，馬上就十一點了。小笠原從口袋裡拿出數位相機，打開電源，關掉閃光燈。場內亮度充足，不打光也能拍得一清二楚。

沒想到，突然有位工作人員走了過來，對小笠原說：「抱歉，活動禁止攝影喔。」

小笠原大感意外。「不能攝影啊？我想拍一下烹飪招數說。」

「抱歉，請把記憶卡抽出來。」

此時小笠原眼角瞥見後面有個西裝男子，正操作著一部高畫質攝影機。「他是？」

「他是我們的員工。一般參加者不能攝影，請多包涵。」工作人員說完就走了。

莉子皺起眉頭，低聲說道：「怪了，難道講師是什麼大人物嗎？」

然而，下一秒，莉子的假設就被推翻了。

剛才在門口招攬顧客的一位工作人員，三十來歲的瘦削男子，穿上圍裙站進了調理區。

男子微笑說道：「各位午安。我是ＩＯＮＡ食品的立浪瑞樹。今天要教各位做的是地中海風味炸香蕉。各位回家都可以試試看喔。」

莉子傻了眼，看向小笠原。小笠原也一頭霧水地看著莉子。

員工自辦的烹飪教室，而且只是把香蕉丟進油鍋炸，竟然還禁止攝影。難道公司堅持保密到家嗎？

不過，我可是秘密採訪人員，不能空手而回。我這個雜誌記者不僅隨身攜帶相機，還有另一樣東西。

小笠原用手指摸索藏在胸前口袋裡的數位錄音筆，按下錄音鍵。

立浪笑著說：「爲了讓所有參加者都能試吃，我們將同時使用三個大平底鍋。這道菜從半世紀之前，就開始在土耳其民眾之間流傳開來。除了香蕉之外，我們還使用土耳其人常用的番茄，然後是芋頭、雞蛋，還有個秘密武器，請別忘了高湯塊。如果有人喜歡清淡口味，請選擇清淡的高湯塊喔。最後，就是低筋麵粉與油了。」

烹飪教室開始。立浪身邊還站了另外兩個員工，三人分別拿一個平底鍋，倒油、加蓋。他們拿出芋頭，用菜刀切絲。技巧不算差，但明顯不是老手。畢竟要準備五十人份，光靠三個人，工作量不輕鬆。

切好的芋頭絲用水沖洗過，然後在巨大的桶子裡倒入大量低筋麵粉、雞蛋與清水，開始攪拌。觀眾看到如掃帚那樣大的攪拌器，忍不住一片驚呼。然後，工作人員倒進了大量的芋頭絲。

這不太像烹飪教室，反而像學校營養午餐廚房，或是災區的熱食站。三人忙個不停。

其中一人走向冰箱，拿出香蕉。香蕉都已經去皮，他將幾十根去皮香蕉堆上推車。簡直像動物園裡的猴子午餐。

「好了。」立浪已經汗流浹背。「接著要把湯塊壓碎。一家人只要用一顆湯塊，但現在有五十人，所以……」

三人各分到十幾個湯塊，然後用肉槌將堅硬的湯塊敲成碎末。

幾分鐘過去，費力的工作結束了。他們打開平底鍋蓋，拿出三個各裝有十幾根香蕉的桶子，將香蕉放進平底鍋。

平底鍋突然像大炒鍋一樣噴出火來，場內充滿了油炸的滋滋聲。

立浪拿著長筷翻轉平底鍋裡的香蕉，大聲說道：「我們現在開了最大火，但各位在家調理的時候，請在一百八十度左右加入材料就好。好了，我們一邊炸，一邊準備番茄。」

接著，又運來了大批的番茄。三個人將平底鍋放在火上，在鍋爐旁放下砧板，開始將番茄切丁。每個人各切完一顆，就灑進平底鍋裡，發出一陣刺激的聲響。灑完又接著切下一顆。

IONA食品的三位員工雖然手法不靈光，看得人提心吊膽，但過程相當專注誠懇，認真做菜。雖然一次準備這樣多的菜餚令人意外，但他們還是很認眞地工作。有些人半途就離開了，但公司方面並沒有挽留的動作。也不覺得想要推銷什麼，就只是一心與烹飪奮戰而已。

三人終於關了爐火。立浪微笑宣布：「讓各位久等了！地中海風味炸香蕉完成！請各位品嚐看看！」

試吃採自助式。廚房旁邊準備了免洗筷與紙盤，每個人拿一套，領一條炸香蕉。

小笠原與莉子也去排隊。由於菜只有一道，排起來很快，兩人一下子就排到了。

立浪用筷子夾起一條炸香蕉，放在小笠原的紙盤上，親切地說：「請多多支持IONA食品的香蕉。」

就這麼一句話。既沒有強迫推銷，也沒有簽約要求。所有參加的老年人，都回到摺疊椅上開始試吃。速度快些的，吃完就離開，員工們也沒有挽留。

莉子一臉難以置信，看著手中紙盤上的炸香蕉。

小笠原說：「吃吃看吧？」

「也是。」莉子點了頭，開始吃炸香蕉。

味道如何呢？小笠原也咬了一口。

剛炸好的粉皮就是好吃，酥脆帶勁。

但接下來的味道，就不置可否了。

香蕉的甜味跟炸粉皮還算合得來，但其他材料幾乎對口味沒什麼影響。番茄味道淡得嚇人，根本不知道加進去有何意義。高湯塊也是一樣。

但我又不是美食家，怎麼懂味道？說不定這些材料可以製造香氣，也說不定可以增加粉皮的口感啊。

不過，莉子看來明顯不高興。她眉頭深鎖，靜靜地吃個不停。

兩個人都吃完了。會場門口旁邊有丟紙盤與免洗筷的紙箱。兩人丟了垃圾，就走出門外。遠離會場之後，小笠原在人行道上停下腳步。

「味道如何？」小笠原問莉子。

「沒什麼好不好吃的。」

「眞是這樣啊？我還以爲是我不懂美食，才吃不出味道說。」

「也不是。以地中海菜餚的食譜來說，材料選擇並沒有什麼問題。日本的農林水產省把香蕉分類爲水果，但其實香蕉樹並不是眞的樹木，而是巨大的草。所以外國經常把香蕉當成蔬菜，跟芋頭、番茄一起油炸也沒什麼奇怪。只是……」

「有什麼不對勁嗎？」

「爲什麼要先炸香蕉，再切番茄呢？先切好不是比較方便嗎？」

「是不是因爲這樣比較新鮮呢？」

「那沒差啦。番茄的用意在於調整基本味道，消除高湯的肉味。三個人的烹調順序都一樣，或許只是忘了先切番茄吧……對了，說到鮮度，爲什麼要油炸？如果要主張進口香蕉的鮮度，油炸就沒意義啦？」

「或許因爲他們不是眞的進口業者，只是裝個樣子而已。香蕉一定是路邊買來的。這樣才能掩飾不新鮮吧？」

「也是……但爲什麼要免費請這麼多人吃呢？既沒有推銷香蕉，也沒有索取我們的連絡方式。又沒有說謊跟詐欺的舉動，究竟是爲什麼……」

莉子突然噤聲。

小笠原問道：「怎麼了嗎？」

「你還記得那個姓立浪的人，一開始說了什麼嗎？」

「呃……什麼來著？啊，對了。」小笠原從胸前口袋拿出了數位錄音筆。

「那是什麼？」莉子問道。

「我一直都在錄音啊。」小笠原按下停止鍵。「裡面也錄了剛才立浪在烹飪教室裡說的話。」

莉子立刻興奮地說：「現在能聽嗎？」

「當然。」小笠原按下數位錄音筆的播放鍵，交給莉子。

聲音相當鮮明。立浪說道：「這道菜從半世紀之前，就開始在土耳其民眾之間流傳開來。除了香蕉之外，我們還使用土耳其人常用的番茄。然後是芋頭……」

「對啦！就是這裡怪！」莉子雙眼炯炯有神。「現在番茄確實是土耳其菜的重要材料之一，但土耳其國內大規模種植番茄的歷史，不過才四十多年。這種菜色，怎麼會從半世紀之前就在民眾之間流傳呢……」

「所以，他們又騙人了嗎？」

「是啊。不過沒時間仔細研究了。」

「時間？」

莉子又仔細聽著數位錄音筆的錄音，然後高喊一聲：「暫停！」

小笠原按下停止鍵。「發現什麼了嗎？」

「得快點走才行。」莉子一臉嚴肅，快步向前。

「等一下，妳要走去哪啊？」

「警察局啊。」

「啥?!警察？」小笠原追上莉子的腳步。「如果沒有犯罪事證，光是形跡可疑，警察不會受理吧？」

「我知道。」莉子直視前方，大步邁進。「這可是重大犯罪，警察一定會介入的！」

警察局

小笠原只得跟著凜田莉子走。莉子走向神田車站收票口，用PASMO（注：日本的一種儲値卡）進入車站。小笠原也照辦。

他們搭上中央線的下行列車，過了一陣子在御茶水站下車。但莉子沒有走向出站樓梯，而是來到慢車的月台上。

小笠原看著月台，問道：「不出站嗎？從這裡走明大通，一下就到神田警察局了。」

莉子反問：「去神田警察局做什麼？」

「剛才的會場不就在神田站嗎？對喔，IONA食品的總公司在澀谷，所以要去澀谷警察局才對。」

「才不是哩。澀谷那邊我又沒有熟人。」

什麼意思？難道她還認識警方的人嗎？

總武線的列車進站，兩人搭上車，車廂裡空蕩蕩的。神田川就在窗外緩緩流動，河水清澈動人。水道橋附近的河面上有幾艘小船，路旁櫻花樹花瓣飛舞，樹枝上還有些未開的花苞。

莉子突然看著小笠原問：「小笠原，你為什麼會當雜誌記者呢？」

「咦？為什麼啊……妳知道媒體是熱門行業嘛，我就到處去參加筆試，幸好考上角川，又做了面試，就錄取了。就是這樣吧。」

「角川的錄取率很低吧？」

「我那時候錄取率應該只有〇．二五％吧？運氣眞的很好。聽說現在又更低了一點。其他大出版社都嚴重虧損，今年三月結算，只有角川是賺錢的說。」

「進《週刊角川》是你個人的意願嗎？」

「是啊。因為它與眾不同，不報八卦，我覺得很有品格。但是發行量就傷腦筋了。天不從人願啊。」

「這樣很好啊，不報八卦就不傷人。所以……」

「所以？」

莉子微笑著說：「所以，小笠原是個了不起的人啊。」

「呃……謝、謝謝啦。」

突然被讚美，還眞不知道如何反應。尤其稱讚我的是博學多聞的大正妹莉子，就更手足無措了。

列車慢慢減速，滑進月台。飯田橋站。

莉子起身了。看來就是這一站。

車一停，門一開，莉子就下到月台上。小笠原追上莉子，問道：「妳要回店裡啊？」

「沒。」莉子嘀咕一聲，走下樓梯，然後一語不發地往前走。

雖然莉子不走神秘路線，但也不會說得清楚明白。不過，也有可能她頭腦太好，以爲我也想得跟她一樣快吧。可惜，我光是要趕上她的思考速度，就精疲力竭了。

一出收票口，莉子又走進大江戶線的收票口。小笠原隨即跟上。建築師渡邊誠所設計的車站相當有未來感。兩人一上月台，剛好迎來前往都廳前站方向的列車。

他們搭上車，靜悄悄地又過了一站，來到牛込神樂坂車站。莉子就在這站下車。往上的手扶梯旁邊，標示著出口導覽。小笠原發現了管區警局的指示。

「牛込警察局嗎？」

「沒錯。我店裡的管區，所以熟得很。」

走出收票口，出了車站，沿著大久保通前進，不久便看到一棟灰色大樓，大約十層樓高。氣氛相當凝重，但建築物還算新。正面是一整面的玻璃帷幕，如果沒有櫻花警徽，或許會以爲是一般商辦大樓吧。

小笠原跟著莉子走進警察局。大廳天井挑高到二樓。到警察局的區民們坐在待客長椅上，閒閒沒事做。莉子並沒有加入他們，也不去服務台，就直接走上電梯旁的樓梯。

來到三樓，走廊盡頭有扇門沒關，莉子就走了進去。

小笠原戰戰兢兢地跟在她後面。這裡可是刑警室，裡面有成排的辦公桌，還有一大堆便衣刑警。有人忙著處理文書，有人忙著打電話，幾乎全都是橫眉豎目的男人。

我還是第一次來警察局啊。肅殺的氣氛簡直讓我喘不過氣來。同樣都是做文書工作，雜誌編輯部是那樣地親切友愛，跟這裡簡直是天差地別。

附近一張辦公桌邊的男人，抬起頭來問道：「有事嗎？」

莉子說：「我要找葉山先生。」

男人轉頭往辦公室裡面大喊：「智慧犯搜查組，葉山翔太警部補外找！」

「來了！」一位男子應聲起立。

一來一往，眞是直截了當。不過這個姓葉山的男人，跟我印象中的刑警有點不同。他身材瘦削，頭髮稍長而且旁分。年紀大概三十來歲。臉有點長，但在刑警室裡面應該算帥哥了。不過，他的眼神沒有霸氣，鬍碴又沒刮乾淨，領帶也沒打好。

葉山走了過來，一看到莉子，整個人又更懶散了一點。葉山就這樣吊兒啷噹地說：「凜田小姐，又是妳。鑑定萬事通有何貴幹啊？」

莉子對葉山的態度毫無不滿，笑容滿面地說：「有家怪怪的公司啊。」

「唉……」葉山回應得挺不來勁。「受害的應該不是妳吧？就跟上次一樣……」

「那次的功勞，不是算在葉山先生頭上了嗎？」

葉山突然皺起眉頭，偷偷環顧四周，好像怕被同事聽見。然後望著莉子，小聲說道：「妳幫我不少，我很感激啦。不過事情都過去了。老實說，我本來以為萬能鑑定士，是店裡面有很多各方面的鑑定士，才會找上門。要是知道只有一個小女生，我就找自家的鑑識課了！」

「我想，那件事鑑識課也找不出答案吧？」

「或許是吧。我說凜田啊，現在這裡忙得很，有事情麻煩找下面服務檯，妳直接上來，我也沒空處理啦。」

「這可是急事啊。」

葉山不耐煩地抓抓頭。「是怎麼回事？有人受害嗎？」

「現在還沒有。不過今天晚上七點，一定會有人受害。」

「今晚七點，好像電視節目廣告一樣。不過，事情沒發生，警察是不會出馬的。民事不介入原則妳知道吧？」

「這是明顯的刑事案件，而且很可能是重大刑案。」

「凜田小姐，刑案是要先立案才算數的。」

「防範未然，也是警察的職責吧？」

「所以叫妳去找服務檯啊。派巡邏車巡邏什麼的，應該沒問題吧？我這裡忙得很，先走啦。」

葉山懶洋洋地，就要轉身離去。

看來，葉山私底下應該欠了莉子人情，不過葉山似乎並不感恩。小笠原覺得他態度如此糟糕，應該是考慮到旁人眼光吧。如果被發現搜查員借用一介平民，而且還是年輕小女生的力量，簡直名譽掃地。葉山或許就是這樣想的。

周圍的刑警也都埋首工作，假裝沒聽見。當場沒有一個人想認眞聽莉子說話。白跑一趟了。正當小笠原這麼想的時候，一位年輕刑警靠近葉山，低聲說道：

「葉山兄，北海道警方有消息了。」

葉山也小聲問道：「在哪座湖裡？」

「呃……其實，還沒找到。」

「什麼?!」葉山雖然壓低聲音，卻因爲情緒激動，連小笠原和莉子都聽得到。「北海道的湖水可是清澈透明，十噸大卡車掉進淺水裡，兩秒鐘就該找到了吧！」

「如果嫌犯供詞正確，是應該找得到。北海道警方動員將近六百人搜索，可是沒有發現哪座湖有可疑徵兆。」

「胡說！雲津，你聽著，那個嫌犯說車就沉在北海道某座湖裡。不可能找不到！」

姓雲津的年輕刑警更傷腦筋了。「北海道警方懷疑可能不是湖，而是河。是不是嫌犯的口供有錯呢……」

「不可能，他連圖都畫出來了。一定是哪邊的湖，而且還是很大一座……」

裡面一張辦公桌後方，有個看來地位頗高的中老年男子，低聲說道：「葉山。」

「呃……是，組長。」

「怎麼？不是說馬上就能找到嗎？」

「那個……」葉山誠惶誠恐地點頭。「我們跟北海道警方連繫上有點……總之，爲了仔細搜查，我們已經向國土交通省跟農林水產省申請了北海道湖泊全覽資料，而且列出符合口供內容的湖泊，請北海道警方做地毯式搜索。」

「不是說今天就能查完所有湖泊嗎？」

「是這麼說沒錯……不過，不可能找不到！所以，那個……」

組長語帶警告地說：「嫌犯的拘留期限只到明天，你要我怎麼跟總廳報告？」

「我明白！現在立刻要求北海道警方搜索最有可能的地方……」

此時，莉子突然開口：「摩周湖。」

刑警室突然鴉雀無聲。眾人視線交錯，最後都聚集在莉子身上。

葉山轉過頭來。「什麼？」

「我說『摩周湖』。」莉子滿不在乎地說：「應該沒查過吧？」

一片沉默之中，葉山大嘆了一口氣。「凜田小姐，妳有長耳朵嗎？這麼有名的湖，警方怎麼可能看漏？能跟妳這樣的美人說話是挺開心的，不過希望妳的幽默感可以再好一點啊。」

莉子毫不畏縮地說：「你確定嗎？」

葉山突然猶豫了一下。

此時雲津大叫一聲：「啊！」

雲津一臉驚訝。他把手上的文件遞給葉山，高聲喊著：「葉山先生！清單上沒有摩周湖！」

「什麼?!」葉山大受打擊，瞪大眼睛狂翻雲津給他的清單。「怎麼可能？摩周湖不是符合口供內容的大火口湖嗎?!」

葉山就這麼翻找了好一陣子，紙都要翻爛了。

最後，他一臉茫然失意，嘟噥道：「沒有……爲什麼呢……」

莉子平靜地說：「摩周湖沒有河川水源，所以國土交通省並不將它歸類爲湖。而且摩周湖邊沒有樹木，農林水產省在法律上只把它當成大水塘。我聽說你們在找十噸大卡車，如果有哪座湖不在清單上，那就是摩周湖了。」

雲津連忙對葉山說：「應該立刻連絡北海道警方，地毯式搜索整個摩周……」

莉子突然打斷他的話：「摩周湖畔被畫入阿寒國家公園特別保護區內，所以沒有一般道路。唯一能通行十噸大卡車的路，只有裡摩周瞭望台西邊的產業道路。如果卡車一路開到湖邊，駕駛跳車，卡車衝入湖中，引擎進氣系統會進水，車輛會停在水深五公尺以內的區域。摩周湖極為清澈，能見度應該有二十公尺左右。所以沿著產業道路走，應該馬上就找得到了。」

刑警室鴉雀無聲，男人們的目光從莉子轉到葉山身上。

葉山被同事們盯得死死的，無計可施，只好把名單推給雲津：「連絡北海道警方，去摩周湖的產業道路找！」

「是！」雲津轉身跑開。刑警室又恢復了嘈雜。

葉山一臉無奈與困惑，慢慢走到莉子面前。

現在這種狀況，不可能硬把莉子趕回去了。葉山表情僵硬，問莉子說：「那今天有何貴幹？」

「讓我來說明吧。」莉子笑道，向小笠原伸出手。「數位錄音筆借我。」

小笠原將數位錄音筆交給莉子，裡面錄有ＩＯＮＡ食品員工立浪的聲音。

葉山指著牆角的一扇門。「我們到會議室裡聽吧。」

莉子動身，葉山隨行，小笠原也跟上腳步。

此時，葉山突然停下腳步，回頭問小笠原：「你又是哪位？凜田的工作夥伴嗎？」

「呃……不是，敝姓小笠原……」

「抱歉，非相關人士禁止進入。」

莉子對葉山說：「這位是《週刊角川》的雜誌記者。」

「記者？」葉山皺起眉頭。「如果沒有採訪許可，那更不能放行了。凜田小姐，這邊請吧。」

莉子被葉山催得一愣一愣、不知所措，但也只好走向會議室的門。

兩人一進會議室，門就關得死緊。刑警室裡就只剩小笠原一個普通國民。

刑警們知道小笠原是記者之後，態度似乎更冷淡了。沒有人要看他一眼，也沒人請他坐下。

好吧，警察就是警察。也不可能請我喝茶。小笠原就呆站在原地，靜待時光流逝。

終於，會議室的門打開了。

先走出來的是葉山。表情比剛才更無力，但眉頭深鎖。

「雲津！」葉山叫了人來：「從一課跟三課帶幾個沒事的搜查員來，到大廳待命。組長那邊我去說。」

「咦?」雲津一頭霧水。「可是,現在不是要等北海道警方的回應……」

「隨便找個誰,去頂搜查總部的缺吧!那件案子的嫌犯已經被押在管區裡,但等等附近就要發生事情,優先順序不同。等下我再仔細解釋。」

「了解。」雲津立刻轉身,快步離去。

葉山交互看著小笠原與莉子,板著臉孔說:「兩位也請同行吧!現場細節需要你們的意見。」

莉子點點頭:「沒問題。是吧?小笠原。」

「咦?哦,是啊。」

葉山默默看著小笠原,然後迅速離開。

小笠原忍不住嘆了口氣,問莉子說:「究竟是怎麼回事?發生什麼案子了?」

「就跟小笠原你想像的一樣。到現場就知道囉。」莉子說完,跟在葉山身後離去。

小笠原歪著頭,看著莉子的背影。她實在太看得起我的腦袋瓜了。

我跟莉子所見所聞完全相同,卻什麼也想不到、猜不著。一切都是謎啊。

神樂坂

晚上七點之前的神樂坂，擠滿了剛出公司的男男女女。絕大多數湧入了時尚餐廳的大門，少部分可能還在等人，便停下來看看ＩＯＮＡ食品烹飪教室的手寫傳單。

春天的傍晚還是有點涼，與其站在外面吹風，不如到屋裡取暖。這應該有助於攬客吧。

小笠原隔著大馬路，遠望對面大樓一樓超優案子裡舉辦的烹飪教室。

部分工作人員與白天不同，但在外面吆喝的依然是立浪。立浪微笑著大喊：「接下來將教導各位如何使用新鮮香蕉，製作地中海風味炸香蕉。提供免費試吃。請各位進來看看～」

人潮比神田會場還踴躍，而且入口旁邊裝了ＨＤ電視，播放白天烹飪教室的過程。

當時員工阻止小笠原用數位相機拍照，卻自己用高解析度攝影機錄影。現在播放的影像，就是當時的經過。過程完全正確，只是沒有播放聲音。但畫面中三個平底鍋烈焰沖天，以及堆積如山的香蕉，都符合記憶中的程序。

同時準備大量菜餚，只是爲了提升影像震撼力嗎？三個大男人耍弄大量食材與巨大廚具，透過畫面看來確實很有魄力。稀奇古怪的東西總能吸引注意。會場裡的摺疊椅早早就坐滿了八成。

日暮西沉，會場裡的日光燈看來更加明亮，所以從外面也看得更清楚。裡面安裝的廚具與商用冰箱，位置與神田會場可說分毫不差。

小笠原對身邊的莉子說：「好冷啊。害我都懷念起那個炸香蕉的味道了。」

圍著格紋圍巾的莉子轉頭看著小笠原，皺起眉頭：「你是認眞的？」

「沒有啦，只是想吃點熱的，什麼都好。好想吃拉麵啊～」

此時，葉山警部補板著臉走了過來。

葉山雙手插在風衣口袋裡，環視四周之後說道：「兩位請不要離開這裡。我們的搜查員已經就定位，請千萬不要擅自行動。」

年輕的雲津刑警喘吁吁地跑了過來：「葉山兄，搜查員都已經就定位了。左邊跟後面可以繞過去，但右邊是烹飪教室的搬貨動線，不准進入。」

葉山回過頭，小笠原也望過去。

會場大樓與右邊開設餐廳的大樓之間，有個僅供單人通行的空隙。這塊空隙被一部停上人行道的白色廂型車給擋住了。

「哼，」葉山不滿地說：「那邊就沒辦法了。你就在會場旁邊待命，別太張揚啊。我繞到後面去。」

雲津點頭接命，若無其事地走過馬路，晃到會場前的人行道上。

「聽好了，」葉山再次強調：「請千萬不要輕舉妄動，逮捕嫌犯是我們的工作啊。」

雖然猜不出會發生什麼事，但警方肯定是採信了莉子的說詞。

小笠原問葉山：「根據凜田小姐的推論，應該是個大案子吧？」

葉山表情僵硬起來：「現在還沒有確切證據，我也是半信半疑。不過，凜田小姐說的沒錯。剛才北海道警方也有連絡進來，說摩周湖的產業道路附近找到了沉沒的卡車。」

「那眞是太好了。」小笠原點點頭。「那，這台卡車又是怎樣的案子呢？」

「這不能告訴雜誌記者的。」葉山擺了個鬼臉。「請等總廳公開發表吧。我先走一步，事情結束之前請別輕舉妄動啊。」

剛才葉山被夾在總廳與北海道警方之間，現在案子水落石出，就見他腳步輕快地穿過馬路。一天拿下兩件功勞，心情肯定很不錯。

會場裡的烹飪教室開始了。立浪聲音響亮，會場門又沒關，連馬路對面的小笠原都聽得見。「爲了讓所有參加者都能試吃，我們將同時使用三個大平底鍋。這道菜從半世紀之前，就開始在土耳其民眾之間流傳開來……」

小笠原低聲對莉子說：「結果，上次的口誤還是沒改過來啊。」

莉子笑道：「是呀。」

「我說凜田啊……」

「什麼事？」

「我看妳好像一頭栽了進去，這不是什麼壞事啦，不過爲什麼妳願意放下工作，緊咬著這群人不放？只是因爲同情楢崎先生嗎？」

「這不是當然的嗎？」莉子一臉難以置信：「還需要其他理由嗎？」

「也不是啦……只是覺得挺怪的。」

「哪裡怪？」

「怪在妳爲了對自己毫無好處的事情，絞盡腦汁，預測犯罪，甚至還催促警方出馬啊。」

「哦～」莉子總算明白了。「或許是吧。或許我眞的衝過頭了。但我老家也不是多有錢，進了東京也是窮了好一陣子……所以我很感謝那些幫助過我的人。每個人我都喜歡。如果有誰碰到麻煩，就應該去解決。沒有人會希望社會充滿你爭我奪吧？只要有方法可以減少紛爭，當然要動手去做。其實我就是笨，所以腦袋裡只有這種想法而已……」

「沒那種事啦。」小笠原笑著對她說：「妳有天賦，不僅能靠直覺判斷物品的價値，還能看穿人心善惡。所以妳會想幫助楢崎先生，也不能原諒那批奸商。妳的單純、直白，才是正道啊。」

「這是小笠原對我的鑑定報告嗎？」莉子微笑道：「謝謝。」

「不客氣。」小笠原誠惶誠恐地說。

一想到莉子可以看透我的心，就不免緊張起來。我想對莉子示好，但她的天賦實在不同凡響，反而讓我一時不知該說些什麼。

其實，我到現在還搞不清楚狀況。說有案子要發生，究竟是什麼來著？

眼前，立浪正點起瓦斯爐的火，將油倒進平底鍋中，加蓋。

「凜田，」小笠原疑惑地問：「其實我完全沒頭緒呢！立浪他究竟想做什麼啊？」

莉子轉頭注視著他。

那雙清澈的大眼睛裡，既沒有一點不耐，也沒有一絲輕蔑。眼神中只有她一貫的貼心。

小笠原感覺到，自己正是被體貼的對象。

莉子平靜地說了：「小笠原，摩天大樓的超高速電梯，在運轉時經常放輕音樂對吧？你知道原因嗎？」

「不知道，因爲搭電梯的時候很無聊，所以放音樂打發時間？」

「這也是一個，不過眞正的原因，是爲了掩蓋電梯的聲音。高速電梯的運轉聲會令人焦慮，所以要用音樂掩飾。」

「眞的嗎？我覺得那些音樂並沒有很大聲，只是隱隱約約聽到而已吧？」

「但你也因此聽不到電梯馬達運轉聲，對吧？」

「這麼說也是，我還以爲是無聲電梯呢。」

「這是利用了聽覺遮蔽效果。一般人的聽覺在聽取複合聲音的時候，可以分辨不同的聲音成分，這種現象稱爲聲音的歐姆定律。但如果用高頻聲音蓋過低頻聲音，就會在耳朵裡的非線性空間中產生高倍頻的諧波，造成聽覺無法分辨低頻的聲音。」

「就算聲音沒有大到可以蓋過去，只要頻率夠高，也能蓋過聲音嗎？」

「就是這樣沒錯。不過，兩個聲音的頻率必須達到一定的聲壓位準，才能引發聽覺遮蔽效應。這個位準就叫遮蔽閾值。嚴格計算起來會沒完沒了，大致上1kHz最少需要二十分貝才能蓋過0.3kHz的……」

「等一下，難道烹飪教室的企圖就是這個？」

「我想沒錯。」莉子點點頭。

立浪等三位大廚啓動像掃帚一樣大的攪拌器，攪拌大桶子，發出像撞鐘一樣的聲響。

莉子說了：「如果從遮蔽閾值來看，這個聲音可以蓋掉小型馬達聲。電鑽的聲音比閾值低，蓋不過去，但如果是電動起子就可以蓋掉。」

接著，立浪等人拿起肉槌，開始伴著巨響敲碎湯塊。

「至於這個聲音呢，」莉子接著說：「剛好可以蓋過乙炔焊槍熔切鋼鐵的聲音。焊槍熔切聲大約有八十五分貝，所以要很大的聲音才能蓋過去。」

現在，每個平底鍋都被扔進了十幾根香蕉，燃起熊熊烈火，伴隨滋滋的聲響。

「這個聲音可以遮蔽砂輪機切斷鋼鐵的聲音。雖然切斷聲有九十分貝，油炸聲只有七十分貝，但只要在閾値範圍內產生正確聲壓，就能蓋過去。敲破玻璃的聲音也會被它蓋過。」

三個人一邊油炸，一邊擺出砧板，開始剁番茄。

「爲什麼一定要到現在才剁番茄呢？因爲有些聲音必須趁現在蓋掉，那就是開拉門的聲音，以及鞋子踩在地板上的腳步聲。」

小笠原大吃一驚：「那不就是……」

「沒錯。」莉子說道：「一切動作，就是爲了侵入自動上鎖的大樓二樓。最常見的，就是從旁邊或後面的巷子裡破壞鐵窗入侵，因爲這些窗戶通常不會裝防盜警報器。用電動起子拆掉螺絲，用焊槍跟砂輪機切斷鐵窗，打破玻璃。這是小偷的老招數了。」

此時，整個神樂坂傳出一聲高呼：「不准動！警察！」

烹飪教室裡的立浪，嚇得停下手來。另外兩人也不敢妄動。

但眞正的騷動並不在會場裡。便衣刑警接連湧入白色廂型車與大樓之間的狹縫中。

嘈雜聲不斷放大，應該是來自會場上方的二樓。窗戶雖然拉上了窗簾，但可以看見燈光忽明忽暗。

室內傳來一陣怒吼：「出來！」「不准動！」「少囉嗦！放手！」「你們是哪裡的！」

便衣刑警也衝進了烹飪教室，立浪一干人等放下廚具就想逃走，但支援的便衣立刻趕到。三人只好放棄掙扎，呆站原地。

小笠原看著莉子，莉子也回望小笠原。

葉山確實叫他們結束之前別亂動，但現在已經結束了。獵物瞬間就被搞定，也沒必要繼續旁觀了。

「去看看吧。」小笠原說完就邁開腳步。

「好啊。」莉子也向前走去。

兩人穿過馬路，走近大樓。參加烹飪教室的人們都呆坐在摺疊椅上，一臉不知所措的表情。便衣刑警正在對他們說明情況：「各位，我們是警察。現在正在樓上逮捕入侵民宅的現行犯，請各位參考人暫時不要離開。爲了避免混亂，請繼續坐在座位上……」

葉山從白色立牌後面走了出來，後面跟著的是雲津，還有另一位刑警，用手銬拉著一個男人。

這人我有印象。他在神田的烹飪教室出現過，跟立浪一樣三十來歲，身材瘦削，不說話時看起來就像個很正經的男人。

但他現在奮力掙扎，明顯不想接受逮捕。

「放手！」男人大吼：「我叫你們放手！不放開，你們會後悔喔！」

「囉嗦！」雲津大喊：「快點走！」

「我沒罪！我是無辜的！」

「胡說八道！那是你家嗎？明明就是闖入別人家吧！」

「那不是我家沒錯……但是聽我說啊！我是……」

「有話回局裡再說！快給我上車！」

停在大樓前的房車，車頂上亮起了紅色警示燈。男人更加粗暴掙扎，但還是被塞進了房車後座。

湊熱鬧的觀眾聚集過來了。制服警官開始阻擋人群：「請退後！」「請不要站在馬路上！」「請不要妨礙通行！」

葉山惡狠狠地瞪著嫌犯，等偵防車開走之後，才看向小笠原。

「你這雜誌記者還頗有良心的。」葉山靜靜地說：「親眼目睹案發經過，竟然一張照片也沒拍。」

糟了！小笠原趕緊摸索口袋。掏出數位相機，打開電源，沒想到竟然在這緊要關頭轉到瀏覽模式！螢幕上顯示著員工旅行去伊豆的照片。他趕緊轉換成攝影模式，對準主題。

可惜，晚了一步。偵防車已經走遠了。

眞丟臉。跟著莉子跑了一整天，竟然在最後關頭弄丟了獨家新聞！

不過失望的人好像只有小笠原一個。葉山笑容滿面地說：「凜田小姐，果然像妳說的一樣，他就在白色廂型車後面攀爬大樓外牆，並且打破窗戶、侵入民宅啊。」

莉子問葉山說：「裡面的住戶有受傷嗎？」

「沒有，住戶好像還沒回家。根據事先調查，二樓房間住的好像是一位獨居公務員。雲津會留在現場調查受害狀況，等住戶回來再進行偵訊吧。」

「原來如此。」莉子總算放下了心中大石。「太好了。」

葉山看著會場入口的HD電視：「這就是白天的教室實況嗎？」

「是啊。」莉子點頭。「突然展示奇怪的烹飪過程，可能會被懷疑，所以他們爲了保險起見，才會先放映相同的程序吧。」

「其他會場的表演活動，應該是排練之類的吧？」

「不無可能。這也能建立活動烹飪教室的事實證據。畢竟要是沒有證據，房東不想出租，活動中斷，一切就泡湯了。」

「所以，房東不是一夥的囉？」

「當然。但是房仲業者就不一定了，因爲他們聯手辦了造假的抽籤會啊。」

「所以，那場抽籤會是爲了聚集群眾，營造出IONA食品偶然得標的感覺囉？」

「沒錯。都是爲了事先減少他人懷疑的準備工作。」

「原來如此。妳腦筋轉得眞快，佩服佩服。眞希望我手底下也有妳這種人。那我先回局裡，等會兒再見了。」

現場不斷有警車聚集而來，葉山鞠了個躬，坐上其中一輛的副駕駛座。此時，其他警官正在逮捕立浪一行人。

立浪苦著臉向這裡瞥了一眼。他是否發現兩人曾經到過神田，或是這裡的抽籤會？從表情看不出來。立浪隨即就被押進警車後座了。

周圍開始拉起封鎖線。制服員警大聲高喊：「這邊的人行道要封鎖！」「請快離開！」「請走另一邊的人行道！」

小笠原沒有掛上採訪臂章，當然也被趕了出去。小笠原就與莉子離開了。

小笠原敬佩地說：「眞是太了不起啦～沒想到凜田妳連聲音都能鑑定啊。」

莉子不好意思地低下頭來：「我算不上什麼專家啦，只是有點知識罷了……」

突然，小笠原差點撞上一個站在人行道上的人。

「啊！抱歉！」小笠原急忙閃開。

那人一聽，傻傻地看著兩人。

是個年齡大約四十來歲的瘦小男人。身上的西裝熨得筆挺，襯衫乾淨，領帶顏色樸素，簡直就是老實人的範本。前額髮線有點高，髮型是標準的西裝頭。手上拿著公事包，是剛下班嗎？

男人看著莉子，又看看小笠原。然後嘟噥問道：「發生什麼事了嗎？」

「嗯。闖進二樓民宅的人被逮捕了。」

「闖進二樓……是那棟大樓的二樓嗎？」

「是呀。聽說住戶是個公務員，幸好不在家，才逃過一劫。」

男人突然雙唇緊閉，默默看著大樓。天氣有點涼，他的額頭卻開始冒汗。

小笠原問道：「怎麼了嗎？」

「啊，沒事。沒事啦。」男人嚇了一跳，說完便轉身快步離去。

小笠原見他逐漸遠去，低聲對莉子說：「怎麼搞的？眞是怪人一個。」

莉子也歪著頭：「應該不是他家吧？如果被闖空門，應該會想趕快回去看看才對。」

「或許是朋友家吧？」小笠原轉向莉子。「不過，今天的經驗眞是太刺激了。」

「我看你好像沒採訪到新聞，這樣好嗎？」

「沒關係啦！能碰到有價值的人就好了。接下來要去警局吧？」

「是啊，葉山先生希望我們幫忙做筆錄。而且，僞裝工程做得如此完善，應該不是單純的闖空門而已。我想知道事情的眞相。」

「那就一起去吧。」小笠原說完就往前走去。

莉子也跟了上來。小笠原偷瞄了莉子的側臉一眼。

充滿自信的眼神，沉穩的個性，緊要關頭又言之有物，還有那僵硬卻迷人的獨特笑容。

莉子眞是個特別的女人。想必這輩子不會碰到第二個了。

所以，我更要珍惜這寶貴的時光。我感謝這份偶然的相逢。她已經改變了我的人生，讓我發現有些事物比自己更重要。好久沒有這種感動了。

他的腳步不自覺輕快起來。內心興奮莫名。眞是難以形容。就好像二十幾歲的自己，走在十幾歲的青春光景中一樣。

但此時小笠原並未發現，逮捕大樓闖空門嫌犯，竟會造成意想不到的重大影響。

想必莉子也是一樣。現在回想起來，此時正是平淡日常生活的尾聲。原以爲堅不可摧的安穩生活，就在這裡畫下句點。

希望與絕望

（數日後）

這就是經濟破產國家的結局啊。

天上晴空萬里，人間卻是一片陰霾。

莉子從澀谷公車轉運站附近的天橋上俯瞰這片慘狀，不禁打了個寒顫。

城市角落宛如廢墟。原來無人清掃的街道可以髒亂到這個程度。散亂的垃圾隨風飄舞，腐臭味不斷擴散。生活在其中的人們，簡直就是無法無天。

到處都是搶奪與爭吵。公車全都停在路邊，一輛也不開。青少年們結夥打破玻璃，鑽進車中。雖然附近就有警車，但警官們忙著追趕逃跑的中年人，連處理身邊犯罪的時間都沒有。

不過，這裡有警察執勤，治安應該算好了。新聞指出目前全國警官的執勤率驟減，甚至無法構成完整組織。

沒錯，電視除了新聞快報什麼都沒有。而且所有電視台晚上九點就早早關台，直到隔天早上爲止都只有跑馬燈字幕：「請民衆依照政府指示，晚間盡量避免外出。若有緊急快報將隨時通知。」

莉子又望向澀谷八公像路口。大樓外牆的電視牆與霓虹燈全都熄了，連招牌和室內燈光都沒有。路上車輛少之又少，幾乎都是緊急勤務車輛。

又傳來了玻璃破碎的聲音。慘叫，以及狂笑。萬念俱灰的嘆息。

莉子心中一陣不安，從手提包中拿出手機，撥打波照間島老家的電話號碼。

在這時候打長途電話跟自殺沒兩樣，因爲帳單可能高達幾十萬，甚至幾百萬日圓。但電話非打不可。回家之前必須先跟爸媽連絡。

按下通話鍵，卻只有通話中的嘟嘟聲，空盪盪地響著。再試著撥一次，結果還是一樣。看來，連電信公司都開始失去功能了。選單畫面的新聞內容，從兩天前開始就不再更新了。

此時，傳來男子的聲音：「這位小姐。」

莉子抬起頭，有位巡邏員警正在天橋上向她走來。

「啊，是。」莉子回應：「有什麼事嗎？」

「妳一個人嗎？現在很危險，最好不要外出走動喔。」

「是啊……可是我不出門不行。」

巡警看到莉子腳邊的大旅行袋。

「妳要出遠門嗎？」巡警問道。

「是有這個打算。我本來想去羽田機場，但是電車時刻表簡直一團亂……聽說山手線還有單向運行，我就到澀谷來了。」

「啊，電車確實還有在跑。不過現在好像連JR也壓不住運費了。自動售票機全面關閉，只有臨時售票窗口，而且每搭一站就要三千兩百日圓喔。」

「三千兩百……」莉子瞠目結舌。「這麼貴……」

「雖然民營鐵路的運費是一半以下，但窗口要排三個小時。妳看，看到那條人龍沒有？那一直排到東門去喔。而且電車發車數量少，到站時間也不一定。」

「可是，我一定要回老家一趟啊。」

「妳要回哪裡去？」

「波照間島……」

巡警瞪大了眼睛。「波照間，就是沖繩那個離島嗎？太亂來了！就算到羽田機場，也不一定有航班啊！」

「早上新聞有說，只有全日空每天飛一班到石垣島。但是運費多少，只有去了機場才知道。」

「意思就是，妳身懷巨款嗎？」

「是啊……來東京的時候，爸媽有給過我機票兌換券，但現在好像不能用了。」

「肯定的吧。票券銷售點接連被搶，現在機場外發售的機票已經禁止使用了。而且運費也暴漲喔。現在只能親自到機場買機票，但是飛到沖繩，不知道要花多少錢啊……」

「嗯，我有心理準備，所以把存款全領出來了，希望至少可以買到單程機票。」

此時，巡警胸前的無線電發出呼叫聲。聲音裡帶著不少雜訊：「澀谷總部呼叫澀谷一二。」

巡警拿起無線電，對莉子說：「那請多多小心啊。手提包最好收到旅行袋裡去。錢也最好分幾個地方來放喔。」

「我知道了。謝謝你。」

莉子行了個禮。巡警隨即快步離開。

莉子嘆了口氣，又俯瞰了眼前的光景。

群眾數量慢慢增加，似乎成群結隊，打算闖入站前大樓。阻擋民眾的警察隊也要求增援。街上冒出了好幾處煙柱，像在呼朋引伴。一群男人騎著機車，手持球棒鐵管恣意狂飆，旁若無人。警車閃著警示燈，警笛聲不絕於耳。機車引擎聲卻更加刺耳……

一切都不像是日本該出現的光景。宛如新聞中曾經看過的，索馬利亞、剛果、蘇丹、巴勒斯坦、賴比瑞亞等國家陷入無政府狀態的慘狀。跟這些國家相比，日本的暴力氾濫或許還算輕微。但卻不知道這混亂會持續到何時。

莉子害怕得雙腳發軟。

但，不能老是佇足不前。

我必須採取行動。此行或許能爲世界盡棉薄之力，重拾和平。只要有機會，就不該猶豫。

莉子拎起沉重的旅行袋，邁開步伐。

她一步步走下天橋樓梯，尖叫與怒吼似乎更近了些。黑煙隨風飄盪，四周霧濛濛的一片。

火焰的高溫讓景物如海市蜃樓般扭曲，數不清的垃圾如枯葉般飛舞。莉子就在這樣的街上，邁步向前走。

無意義的公車時刻表，站牌柱上貼滿了無數的胖臉。

力士貼紙……

令我回想起不過數天前的和平生活。與雜誌記者小笠原悠斗的相遇。

他是個親切又溫和的人。與他一同探索力士貼紙之謎的日子，恍如隔世。

我也和他一起逮捕了ＩＯＮＡ食品的民宅闖入犯。我們相信只要揭發貪贓枉法之事，就能拯救民眾。所以不計代價，全力以赴。

但是，事情的眞相卻遠超出我們的想像。日本的和平一夕之間崩潰，失去了經濟大國的名譽與地位。

日本的經濟危機，應該很快就會震撼全球金融市場吧。股價暴跌程度將遠超過次級房貸、杜拜金融危機。全球治安也肯定持續惡化。

我不過是個自營鑑定士，能做的事情極爲有限。

但我依然應該往前走。一路走來，許多人曾幫助過我。我也學到許多事情。有人貧苦無依，就該伸出援手。即使社會已經陷入泥沼，手邊又只有一根細樹枝，我還是會跳下去，見誰救誰。就像那些大人曾經爲我做的一樣。

此時吹起一陣強風。莉子用手撥整亂髮，繼續前進。眼前飛舞的火花煙硝，終究會消失。她深深相信，總有一天會撥雲見日。

（待續）

解說

三浦天紗子（作家、出版品顧問）

自從夏洛克・福爾摩斯問世以來，似乎所有人都約法三章，偵探一定要博學多聞。以撒・艾西莫夫的「黑寡婦系列」，由老侍者亨利・傑克森大顯身手。雷克斯・史陶特的「尼洛・伍爾夫系列」，有名探尼洛・伍爾夫。約翰・鄧寧《書探的法則》等系列中，刑警克里夫・珍威因興趣轉行爲舊書店老闆。唐納・索柏的「偵探男孩系列」中，號稱「百科全書」的羅伊・布朗漂亮解決了各種案件。

日本有京極夏彥「京極堂系列」的舊書店老闆中禪寺秋彥，篠田眞由美「建築偵探櫻井京介事件簿系列」中擅長鑑定建築物的櫻井京介，東野圭吾「神探伽利略系列」的物理學家湯川學，以及津原泰水《魯冰花偵探團的疑惑》中頭腦清晰的高中生祀島龍彥等等。

還有很特別的種類，例如J・F・恩格勒特「黑色拉不拉多偵探犬系列」中，由愛看但丁《神曲》的黑色拉不拉多擔任偵探。甚至松尾由美「安樂椅偵探檔案系列」中，進行推理的就是一張老椅子。

但一字排開之後，可以發現所有天賦異稟、以千里眼與洞察力挑戰懸案的知性主角，沒有一個是女性。珍瑪波小姐算嗎？這位好心老太太的推理能力確實過人，但也沒有什麼淵博的學問。

終於，松岡圭祐創造了一位以淵博知識爲武器，挑戰重大案件的超級女主角。出身於沖繩波照間島的凜田莉子，二十三歲。大波浪的長髮，貓一般明亮的大眼睛，小巧的臉蛋，傲人的身材。令人印象深刻的模特兒級大美女，掛起「萬能鑑定士Q」的招牌。

前所未見的「Q系列」，就從本書開始。

故事開頭，是都內各地接連出現的神秘「力士貼紙」。

力士貼紙，就是白紙黑線所畫的和風人臉貼紙。整片塗黑的旁分頭，眉毛下面的瞇瞇眼，胖嘟嘟的雙下巴。貼紙圖案就是這樣一個面無表情的中年胖男人。數年前開始出現在銀座，然後慢慢擴張範圍，最後變得隨處可見。大多數貼紙，是貼在馬路旁單行道小巷子裡的安全護欄上、電線桿、公共電話，或是店家鐵捲門、外牆等地。

力士貼紙極爲震撼且令人不悅。是誰做的？爲何要貼？一切都是謎。雜誌記者小笠原悠斗爲了找出貼紙之亂的幕後眞相，四處採訪。他任職於角川書店《週刊角川》的編輯部，看起來又帥又聰明，但實際上不懂得察言觀色，是個沒啥擔當的社會四年級新鮮人。

松岡圭祐原本就是個以實際採訪資料爲骨架，以極具娛樂性之杜撰爲風格的作家。然而這套「Q系列」，卻融合了前所未見的日常生活題材，或許能夠滿足讀者的好奇心與天馬行空欲。

比方說力士貼紙一案，實際上眞的曾在東京內幾個區發生過，二〇〇八年初還在網路上造成話題。雖然現實世界中並未查明眞相，但最後慢慢就被當成德國流行過的快閃活動了。而作者在本書中提到這段史實，看起來明顯更加刺激，讓我佩服設計出這段故事的創意。

而小笠原所任職的角川書店，雖然人物皆爲虛構，但公司大樓內外的描述卻相當眞實。內部人員看了可能會苦笑幾聲吧。

話說，總編輯下令：「找啥來都行，能增加發行量就好！」小笠原因此費盡心思，弄到了貼滿力士貼紙的安全護欄波浪板。但知名的鑑定專家紛紛拒絕鑑定，獨家新聞計畫立刻觸礁。他上網拚命搜索願意接下工作的鑑定家，結果就找到了凜田莉子在公司附近開的店。

小笠原懷抱一絲希望上門拜訪，發現店裡的鑑定士只有一位年輕女子。當時先來一步的客人，看了也是眉頭深鎖。「看來我是太蠢，才會相信當天鑑定、萬能什麼的鬼話啊……」先來的客人帶著一幅西畫，心不甘情不願地拿給女子觀看。那幅畫已經通過了「光譜分析」鑑定法，也就是以特殊雷射光照射樣本材料，分析製造年代等資料的方法。但莉子卻立刻由其他線索分辨出作品眞僞。

小笠原被莉子的美術造詣所震懾，但身爲雜誌記者，找麻煩是本能。他心想，無論知識多廣博，也不可能光靠一個人應付所有鑑定委託吧？

於是他用手腕上的Omega潛水錶，想讓莉子鑑定型號、功能、出廠年份。沒想到莉子不僅看出了錶的資訊，更從他帶來的波浪板，推論出他的職業、資歷與公司。莉子不僅有審美觀、看人的眼光，還有過人的行動力。她催促著啞口無言的小笠原到現場觀察力士貼紙，就是最好的證明。本書就由專門說傻話的小笠原，襯托莉子過人的表現。

這位作者筆下還有另一位代表性的超級女主角，就是「千里眼系列」的冰山美人——岬美由紀。她曾是自衛隊員，擅長武術，甚至懂得駕駛戰鬥機與戰車，求生能力首屈一指。另一方面，她又是精通多國語言、訓練精良的臨床心理醫師。二十八歲的她既文武雙全，又心地善良，帶點輕熟女的脆弱，惹人憐愛。

在閱讀本書之前，不免擔心莉子會被拿來與岬美由紀相提並論，如此莉子的負擔未免太過沉重。但看著看著，就發現我是多心了。反而像莉子這樣博學卻過於天眞、在跌撞中成長的角色，比輪不到普通男人上場的岬美由紀，更讓讀者感受到親切而眞實的魅力。

因爲她在進東京之前的高中時代，是個讓班導師傷透腦筋的爛學生。不僅念書一竅不通，連對話脈絡都搞不清楚，明顯是個令人心驚膽跳的天然呆。班導師擔心她沒工作就要上東京，可能會去做酒店小姐，她還認眞回答：「酒水生意有賣水，我就去。」看來或許有點笨到刻意，但這份天眞無邪就是她的魅力所在。

這樣的莉子，究竟如何掌握無窮盡的資訊，展現令人咋舌的邏輯推理能力？《萬能鑑定士Q的事件簿1》稍微提了一下她走上知性路線的過程。原來全方位鑑識力的天賦來源，既非智商也非高等教育，而是無人能及的強大感性。真令我眼紅。目前腦科學已經證明，情緒強度與記憶機制有關，莉子的情緒網路能量更是異於常人。

大型連鎖二手商店「便宜貨」的老闆瀨戶內陸，正是第一個發現莉子優點，並加以發掘的人。瀨戶內曾夢想能當牧師助人，看見莉子為了故鄉與親友奮鬥的理想，發現了人性的眞善美，與自己的理念不謀而合。於是瀨戶內伸出援手，把莉子當親女兒楓一樣疼愛。

松岡圭祐喜歡描寫親手開拓命運的活力，以及令人想起而效尤的誠懇人性。本系列的莉子就是最好的範本。不過在系列第一集，瀨戶內是個氣宇軒昂的追夢人，但兩人的因緣際會，卻在第二集以出人意表的方式畫下句點。《萬能鑑定士Q的事件簿1》與接下來的第二集，構成一篇壯大的故事，所以第一集充滿了未解之謎。

故事舞台包括東京飯田橋一帶、羽田、沖繩石垣島、波照間島、《週刊角川》編輯部、二手商店、詭異烹飪教室、牛込警察局等等。本案經過科學分析，反而更加撲朔迷離。莉子才剛出手，就收到房地產有好案子的消息，但接下來一連串的事件，卻讓日本社會邁向惡夢一般的混亂。每章節大約十來頁，有時前後緊密結合，有時則跳前跳後，眼花撩亂。但只要讀者想像力充足，即使場面變幻莫測，也能順利串接故事情節。

無論如何，第一集最後一章，清楚描述不久後的將來，日本發生超級通貨膨脹的景象。

在此之前，看似告一段落的案發現場，有個男人靜靜離開，引人遐想。這怎麼教人不在意呢！傳奇故事寫手松岡圭祐掌握人心的能耐，又更上一層樓了。

國家圖書館出版品預行編目資料

萬能鑑定士Q的事件簿1 ——謎樣貼紙入侵東京 /
松岡圭祐 著；清原紘 插畫；李漢庭 譯. -- 初版.
-- 臺北市：圓神, 2013.04
216面；14.8×20.8公分. --（WOW；001）

ISBN 978-986-133-447-9（平裝）

861.57　　　　102002964

The Eurasian Publishing Group 圓神出版事業機構 用心與你對話．視野無限寬廣　圓神出版社 Eurasian Press

http://www.booklife.com.tw　　inquiries@mail.eurasian.com.tw

WOW 001

萬能鑑定士Q的事件簿1 ——謎樣貼紙入侵東京

作　　者／松岡圭祐
封面插畫／清原紘
譯　　者／李漢庭
發 行 人／簡志忠
出 版 者／圓神出版社有限公司
地　　址／台北市南京東路四段50號6樓之1
電　　話／（02）2579-6600．2579-8800．2570-3939
傳　　真／（02）2579-0338．2577-3220．2570-3636
郵撥帳號／ 18598712　圓神出版社有限公司
總 編 輯／陳秋月
主　　編／林慈敏
責任編輯／林平惠
美術編輯／李　寧
行銷企畫／吳幸芳．簡琳
印務統籌／林永潔
監　　印／高榮祥
校　　對／莊淑涵．林平惠
排　　版／杜易蓉
經 銷 商／叩應股份有限公司
法律顧問／圓神出版事業機構法律顧問　蕭雄淋律師
印　　刷／祥峰印刷廠
2013年4月　初版

定價 250元　　ISBN 978-986-133-447-9　

圓神出版・圓神出版事業

松岡圭祐——著　清原紘——插畫
萬能鑑定士
Q的事件簿
Illustration by Hiro KIYOHARA